EUGÈNE ARDILLAUX

EFFLORESCENCES

RECUEIL DE POÉSIES

PARIS

ARNAULD DE VRESSE, ÉDITEUR

55, RUE DE RIVOLI, 55

1870

EFFLORESCENCES

POÉSIES

OUVRAGES DU MÊME AUTEUR

DOLORÈS, *Scènes de la vie Algérienne.* Un beau volume in-18 jésus, prix . . . . 2 fr.

MONSIEUR DE BLAZAC. Un très-beau volume in-18 jésus, prix. . . . . 3 fr.

EUGÈNE ARDILLAUX

EFFLORESCENCES

RECUEIL DE POÉSIES

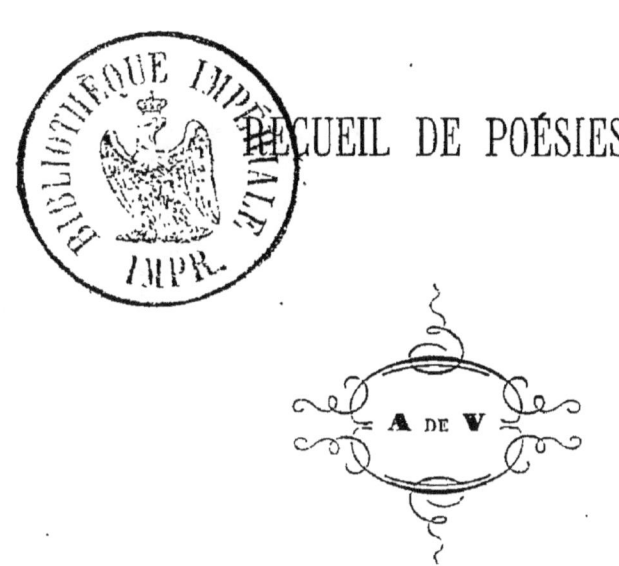

A DE V

PARIS

ARNAULD DE VRESSE, ÉDITEUR

55, RUE DE RIVOLI, 55

1870

INTRODUCTION

———

Puisque la *Poésie* est tombée aujourd'hui dans un discrédit tel que ceux qui la cultivent encore sont presqu'obligés de s'en défendre comme d'une action blâmable, nous avons pensé qu'il ne serait sans doute pas inutile, pour nous servir de justification auprès des personnes qui daigneront parcourir ce volume, de reproduire ici les idées que nous avons déjà plusieurs fois soutenues dans les différents journaux auxquels nous avons eu l'honneur de collaborer.

Que nos lecteurs veuillent donc bien nous pardonner la témérité d'une *préface* pour un volume d'aussi mince importance, et ne considérer, dans les quelques lignes qui vont suivre, que le motif qui nous fait agir.

*
* *

A une époque où le progrès est à l'ordre du jour, où le siècle a atteint un degré de civilisation inouï jusqu'alors, ne va-t-on pas nous accuser peut-être de paradoxe, si nous osons parler de décadence pour ce qu'un peuple a de plus précieux — nous voulons dire sa langue ?

Certes, aux yeux de beaucoup de gens, nous ne l'ignorons pas, aucune époque ne fut plus riche ni plus féconde que la nôtre en livres et en écrivains. Les éditeurs font des fortunes américaines ; les librairies regorgent d'ouvrages nouveaux, et le soleil littéraire semble rayonner victorieusement à son zénith. Mais, si on regarde attentivement cet astre brillant, ne verra-t-on pas des tâches dans sa splendeur ?

Nous l'avouons, — au risque de passer pour pessimiste, — nous sommes de ceux que notre avenir littéraire effraie. Qu'il nous soit donc permis d'exprimer franchement nos craintes, en signalant la source d'où nous avons cru voir sortir ces germes de dissolution.

La Poésie est incontestablement le berceau des langues : chez les peuples primitifs, comme chez les nations plus adultes, les *légendaires*, les *bardes*, les *troubadours* et les *trouvères* : voilà les véritables pionniers des idiômes. Et c'est un fait digne de remarque,—l'histoire d'ailleurs ne vient-elle pas toujours le confirmer ? — que si la poésie est dédaignée, la langue s'étiole et la littérature s'amoindrit.

Il semble, en effet, que Dieu, par un acte de toute justice, veuille punir ainsi les peuples qui oublient leur mère. Or, nous le disons hardiment et sans crainte d'être démenti, aucune époque ne fut plus contraire que la nôtre à la poésie : tout ce que le siècle a de sève et de vitalité est absorbé par *l'industrialisme ;* et quand la Muse veut, çà et là, faire entendre un chant timide, le caducée de Mercure la bâillonne sans pitié !

Quelques mots vont suffire au développement de ces prémisses.

Si d'un rapide coup-d'œil on envisage l'histoire générale des peuples, à laquelle celle de la littérature est intimement liée, trois grands points nous apparaissent illuminant de tout leur éclat les grandes lignes confuses de cette gigantesque ar-

chitecture. Nous voulons parler des trois siècles qui
ont pris le nom des grands hommes qui les ont dirigés
tour à tour : en Grèce, le siècle de Périclès ; à Rome
et en France, ceux d'Auguste et de Louis XIV (1).
Ces trois époques ne sont-elles pas, en effet,
l'expression exacte de la civilisation chez les
peuples qui ont successivement éclairé le monde
du flambeau de leurs lumières ? Le perfectionnement
de la langue et le génie des écrivains furent,
bien plus que la gloire militaire, leur élément essen-
tiel et vital ; et ce qui fait, à notre sens, qu'on ne
dit pas le siècle d'Alexandre, des Scipions, de Charlemagne ou de François Ier ; qu'on ne dira sans doute
pas, malgré tout son éclat, le siècle de Napoléon,
c'est l'enfance ou la faiblesse de la littérature, le
manque de Sophocles, de Virgiles et de Corneilles.

Envisagés sous le rapport littéraire, les élé-
ments qui ont successivement fait briller ces trois

(1) Nous ne parlons pas, à dessein, du siècle de Léon X, lequel,
à nos yeux, est plutôt, en fait de littérature, une époque de *ger-
mination* que de *floraison*, s'il est permis de nous exprimer
ainsi. Il ne ferait que confirmer, d'ailleurs, ce que nous avançons,
car Dante, Pétrarque et Boccace, ne préparèrent-ils pas la langue
que parlèrent plus tard l'Arioste, Machiavel et Le Tasse?

points culminants de l'histoire sont toujours et partout les mêmes : leurs souïées sont communes, leurs développements identiques, les causes de leur décadence semblables. La poésie les prépare, de même qu'elle les fait briller et qu'elle les laisse se dissoudre, quand elle est dédaignée.

En Grèce, le siècle de Périclès boutonne dans Homère, Anacréon et Pindare ; fleurit avec Sophocle, Euripide et Platon, et finit par s'étioler dans les serres chaudes des sophistes de l'école de Carnéade. — A Rome, celui d'Auguste germe dans le fumier d'Ennius, dans les vers saturnins de Nævius et dans les comédies de Plaute ; s'épanouit avec Virgile, Horace et Cicéron, et se dessèche dans les sables arides des rhéteurs de la décadence ou des scoliastes du moyen-âge. — Enfin, celui de Louis XIV prend naissance dans les *troubadours* de la langue d'oc et dans les *trouvères* de la langue d'oïl ; grandit avec Villon, Marot, la Pléiade et Malherbe ; brille avec Corneille, Bossuet et Racine ; s'amoindrit dans les ruelles du XVIII° siècle, et râle dans les polygones de l'Empire.

Ainsi donc, en Grèce, en Italie et en France, à deux mille ans de distance, au Nord et au Midi, chez des peuples différents d'origine comme de génie, avec les mesures, les dactyles ou les rimes, nous voyons toujours les poètes à l'avant-garde guider la langue à son apogée ; et lorsque le sophisme, la scolastique, la géométrie, le despotisme ou l'industrialisme étouffent sous leurs lourdes et rigoureuses conceptions l'allure fantaisiste de la poésie, la littérature entre fatalement dans une période de décadence, qui, souvent encore, se prolonge durant bien des siècles, mais où Sophocle est remplacé par Lycophron, Virgile par Lucain et Corneille par La Harpe. Or, qu'en conclure ? sinon ce que nous avons avancé en débutant, c'est-à-dire que l'esprit de Dieu se retire des peuples qui ne savent plus chanter et qui oublient la Muse.

Un moment, en voyant le mouvement intellectuel de 1830, nous avions espéré que notre littérature ferait exception à cette règle générale. Nous avions confiance dans cette jeunesse enthousiaste, pleine de foi et d'inspiration, fouillant la mine féconde de Ronsard et de Rabelais, et faisant si vaillamment refleurir la jeune poésie sur sa vieille souche gauloise. Mais aujourd'hui, en présence du dédain superbe avec lequel on accueille toute œuvre en vers ; de ce lamentable retour aux idées surannées de la Motte-Houdard ; des vides qui se font sans se combler dans la brillante phalange qui vieillit, c'est avec un serrement de cœur bien douloureux, une tristesse bien amère, que nous sommes tenté de considérer ces généreux efforts si vite oubliés comme le chant du cygne expirant... Hélas ! il y a parfois de ces couchers de soleil que l'on confond avec des aurores, et bien souvent,

« Ce qu'on croit l'Orient, peut-être est l'Occident ! » (1)

*
* *

Ces questions sont plus sérieuses qu'on ne le pense, car elles intéressent tout un peuple, et. il faudrait des volumes pour les traiter à fond. Mais nous nous contentons de signaler nos craintes, en laissant à d'autres plus habiles le soin de les défendre plus éloquemment. Trop heureux si ce cri d'alarme échappé à notre conscience peut contribuer à réveiller en France le sentiment poétique qui, chaque jour, tend à s'affaiblir davantage !

(1) Victor Hugo, *Les Chants du Crépuscule, Prélude.*

Sunt bona, sunt quædam mediocra,
Sunt mala plura...

A dit Martial de ses épigrammes. — Nous pourrions en dire autant de nos vers.

Le livre que nous publions aujourd'hui, n'est donc point un modèle que nous proposons, — loin de nous cette orgueilleuse pensée ! — mais une simple protestation écrite contre une fatale tendance. La voix d'un pauvre rêveur ne sera pas d'un grand poids, nous le savons; mais qu'importe! nous n'aurons pas moins accompli un devoir et satisfait à notre conscience, dans la limite de nos faibles moyens. Ces chants monotones d'une douleur solitaire, ces plaintes d'une âme blessée, qui n'a pas trouvé sa Béatrix ou sa Guiccioli, ces larmes, ces défaillances, ne sont point du goût du siècle. On vieillit vite à cette époque de *vapeur*, et la sensibilité n'est pas l'apanage des vieillards. Aussi, ne nous adressons-nous pas à ceux qui ont substitué les émotions des sens aux émotions de l'âme; mais seulement aux cœurs aimants et naïfs, qui ont gémi et pleuré comme nous.

Ce 25 septembre 1869.

E. Ardillaux.

A VICTOR HUGO

Gloire, gloire au Maître suprême!
Il fit l'eau pour couler, l'aquilon pour courir.
Les soleils pour brûler et l'homme pour souffrir.

(A. DE LAMARTINE à *Lord Byron*.)

L'homme est un apprenti, la douleur est son maitre.

(A. DE MUSSET. *La nuit d'octobre*.)

Ma harpe fut souvent de larmes arrosée.

(A. DE LAMARTINE. *Méditation* 1ʳ.)

A VICTOR HUGO.

Que ce petit oiseau que mon âme marâtre
Veut envoyer, frileux, vers l'horizon noirâtre,
      Sans aile et sans duvet;
Que cette frêle barque, et sans lest et sans voile,
Qui sombrera peut-être avant de voir l'étoile
      Que mon cœur lui rêvait,

Trouvent auprès de toi, sous ton aile puissante,
Pour protéger du vent leur allure naissante,
      L'un son nid, l'autre un port;
Car secourir le faible à la voix inconnue
Et lui tendre une main qui domine la nue,
      C'est la vertu du fort!..

Hélas! Ces quelques vers sont toute mon histoire :
Ce sont mes chants d'amour et mes rêves de gloire,
      Mon espoir et mes pleurs;
Timides papillons aux couleurs étoilées,
Dont les ailes d'azur se sont souvent brûlées
      Au flambeau des douleurs.

Fraîches illusions qu'en entrant dans le monde,
Je voyais devant moi briller ainsi qu'une onde,
      Aux rayons du soleil;
Prismes dorés, la nuit, qui coloraient mes songes,
— Mais qui n'étaient bientôt que de tristes mensonges,
      Le matin, au réveil!

C'est que bien jeune encor j'ai connu la souffrance :
Le doute avait brisé de ma sainte espérance
      Le magique miroir ;
Et j'ai vu tour-à-tour, comme aux cieux les étoiles,
Pâlir et s'effacer dans un brouillard de voiles
      Tous mes rêves d'espoir....

Car j'avais dix-sept ans, et j'aimais une femme
Avec toute l'ardeur, le délire et la flamme
      De mon premier amour !...
L'illusion dorait de ses reflets magiques
Cet amour printanier aux songes poétiques,
      Aussi purs que le jour !

Mais ce rêve enchanteur n'était qu'une chimère ;
Mon réveil fut affreux : dans ma douleur amère
      Je souhaitai mourir ;
Tout mon cœur malade avait perdu ses charmes,
Et comme un fleuve ardent, je vis couler mes larmes,
      Que rien ne pût tarir....

Vainement, pour chasser cet amour qui me ronge,
Je cherche à m'étourdir : c'est un funeste songe,
      Je ne puis l'oublier ;
Seule, la poésie, amante au cœur fidèle,
Soutenait mon esprit, — me montrant pour modèle
      Ton œuvre à copier.

Et quand le désespoir dévorait mes paupières ;
Quand je heurtais mon front de mes mains meurtrières ;
      Quand j'appelais la mort...
J'ouvrais alors ton livre, et je sentais mon âme
Tout à coup se calmer, — et s'éteindre la flamme
      Qui la brûle et la mord !

Ton livre où je trouvais une douceur si vraie !
C'est le baume divin qu'on étend sur la plaie,
    Qui calme les douleurs ;
C'est la manne du ciel, qui nourrit et console ;
C'est le soleil de mai ; c'est la sainte parole
    Qui sait tarir les pleurs.

Confiant, j'y puisais une vigueur nouvelle ;
Et mon âme étendant le reste de son aile
    Souriait au ciel bleu ;
Et la douleur ardente, et le doute au front pâle,
Suspendaient un moment la torture infernale
    De leurs ongles de feu.

Ton livre dans la main, je courais par les plaines,
Baignant mon front brûlant dans les fraîches haleines
    Que respire le soir ;
Et, tout rempli du feu que la sainte lecture,
Dans mon cœur, comme un chant tombé du ciel, murmure,
    Je reprenais espoir !

Mon cerveau, qui bouillait, débordant de pensées ;
Les jetait vers le ciel en strophes insensées ;
    Et le démon des vers,
En me touchant au front avec sa main de flamme,
Comme un coursier sans frein, faisait bondir mon âme
    Vers les cieux entr'ouverts.

J'étais joyeux alors de voir couler mes larmes ;
La douleur, à mes yeux, resplendissait de charmes·
    J'étais fier de mes maux !
Ils ressemblaient aux tiens, ô céleste poète !
Car l'ange des soupirs a posé sur ta tête
    La palme des héros !

La douleur grandit l'homme en épurant son âme :
Tout ce qui souffre est grand ! La douleur est la flamme
            Qui rend divin l'auteur ;
Et celle qui causa mon martyre, a peut-être,
En torturant mon cœur, dans mon esprit fait naître
            Ce feu consolateur...

Reçois donc ce recueil, petit oiseau sans aile,
Eclos à la chaleur de ta voix immortelle
            Aux suaves accords ;
Il est venu de toi, toi sa source première,
Laisse lui regagner son foyer de lumière
            Pour réchauffer son corps.

De même le ruisseau, dans sa course ignorée,
S'alimentant de l'eau que la terre a filtrée
            Du trop plein de la mer,
Sait toujours ramener le tribut de ses ondes
A leur premier berceau : les entrailles profondes
            De l'océan amer.

Ecoute ces accents d'une âme qui t'admire !
Ne leur refuse pas un regard, un sourire,
            Un accueil bienveillant ;
Tout imparfaits qu'ils sont, reçois les, ô poète !
Et ne détourne pas cruellement la tête
            De leur aspect tremblant !

                              Mai 1869.

FRAMÉA

Le cœur d'une femme est une partie des cieux ;
Mais aussi, comme le firmament, il change nuit et jour.

(Lord Byron.)

Pourtant il faut qu'elle meure! autrement elle
trahira encore d'autres hommes.

(SHAKSPEARE. *Othello*. A. v. Scène II)

La femme est un être fragile.

(SCHILLER. *Marie Stuart*. A, II. Scène III)

FRAMÉA.

I.

Le soleil, à regret, vers l'horizon s'abaisse,
Quand au couvent voisin, la vénérable abbesse
Ordonne de sonner la prière du soir.
Aussitôt, sous la nef, un long essaim de nonnes
S'avancent lentement, et cent voix monotones,
Se mêlant aux parfums qu'exhale l'encensoir,
Sur l'aile de la Foi, s'élancent vers la Vierge.
—Chaque nonne, en chantant, tenait près d'elle un cierge;
Et c'était un spectacle à réjouir les yeux,
Que de voir à genoux ces femmes recueillies,
Par les austérités et le jeûne pâlies,
    Quitter la terre pour les cieux.

II.

Et leurs blancs capuchons relevés sur leurs têtes,
Laissaient à découvert leurs figures défaites,
Que l'exaltation empourprait de son feu.
Leurs yeux caves, brillant d'une clarté fébrile,
Comme les peint toujours Zurbaran de Séville,
Se levant vers le ciel pour aller jusqu'à Dieu,
Et leurs mains saintement jointes sur leurs poitrines,
Les faisaient ressembler aux madones divines

Que peignaient autrefois Holbein ou Raphaël.
— Et ces chants, ces parfums, ces douces voix de femme,
Avaient je ne sais quoi qui vous saisissait l'âme,
        Comme une vision du ciel !

III.

Et toutes s'abîmaient dans une extase immense ;
Et toutes se perdaient dans leur sainte démence ;
Toutes auprès de Dieu laissaient voler leurs cœurs ;
Et la brûlante Foi, sur ses ailes mystiques,
Portait leurs chastes voix aux célestes portiques,
Où les blonds Chérubins font entendre leurs chœurs,
En chantant l'*Hosanna*, ce cantique de flamme.
— Mais une, cependant, tout en laissant son âme
Voler avec ses sœurs au céleste séjour,
Pensait qu'à dix-sept ans, l'amour d'un Dieu suprême,
Qui veut qu'à le servir le front devienne blême,
        Ce n'était pas l'unique amour....

IV.

Et qu'il faut à cet âge, où tout est poésie,
Un amour plus réel dont l'âme soit saisie :
Qu'un cœur demande un cœur ; la voix une autre voix
Pour chanter en commun un langoureux ramage ;
Que l'œil veut un autre œil pour y voir son image,
Et la main une main frémissant dans ses doigts.
— Elle avait bien raison : pendant l'adolescence,
Le bal aux pieds légers vaut mieux que l'abstinence ;
Et l'affreuse vieillesse avec ses cheveux blancs
Vient assez tôt faner les yeux noirs et les roses,

— Car rien n'est aussi laid que des rides moroses
    Sur un visage de vingt ans.

V.

Et ce sera, je crois, votre avis, jeunes femmes,
Si jamais vous lisez ce livre. — Allons ! mesdames,
Soyez franches, parlez ! et dites avec moi
Que le couvent est fait pour ces vieilles bégueules,
Qui, n'ayant pas d'amants et lasses d'être seules,
Vont cacher leur dépit sous un semblant de foi.
— Mais la femme jolie est ici-bas un ange,
Une fine topaze au milieu de la fange ;
Et c'est un grand péché, qui n'a pas son pareil,
Que d'aller, pour damner Bénédictins ou Carmes,
Enterrer dans un cloître et sa grâce et ses charmes,
    Faits pour briller au grand soleil.

VI.

C'était aussi l'avis de Framéa la brune,
Qui bâtissait souvent ses châteaux dans la lune ;
— Et quand, dans sa cellule, un rosaire à la main,
Le soir, elle priait la vierge, quelque chose
Lui manquait. — Mais qu'était-ce ?... une guimpe ?... une rose ?...
Ou la crainte d'avoir un triste lendemain ?...
Pourquoi soupirait-elle ? Avait-elle à l'église,
Par son air trop distrait sur elle donné prise ?...
Pourquoi son jeune sein, plus blanc qu'un lys en fleur,
Se gonfle-t-il ?... Pourquoi sous ses fines paupières
De pleurs silencieux s'échappent deux rivières ?...
    Pourquoi cette morne douleur ?...

VII.

Ah ! c'est que le couvent n'était pas fait pour elle,
Que son cœur y séchait, et qu'elle était trop belle
Pour ne pas désirer se montrer au grand jour !
— D'ailleurs, sans consulter ses goûts de jeune fille,
A quinze ans, on lui fit quitter soie et mantille
Pour le froc du couvent. — En ce morne séjour,
Framéa, dans les pleurs, traîne sa triste vie
Avec un souvenir dont elle est poursuivie
Comme d'un ombre, et qui, nuit et jour, en tout lieu,
Lui dévore le cœur d'une brûlante fièvre ;
— Puis un nom bien souvent s'échappe de sa lèvre ;
        Et ce n'est pas celui de Dieu !...

VIII.

C'est que la pauvre enfant aimait un beau jeune homme
Au front pâle, aux cheveux noirs et bouclés ; et comme
Paôlo répondait à cet amour si pur,
Framéa, loin de lui, se desséchait ; — de sorte
Qu'elle aurait mieux aimé mille fois être morte,
Plutôt que de languir dans ce couvent obscur... .
— Mais aussi Paôlo, dans sa douleur amère,
Avait juré par Dieu, sur les os de sa mère,
De revoir Framéa morte ou vive ; — et voilà
Qu'il court aussi léger que l'aquilon qui passe,
Fouillant chaque hameau, chaque ville, et l'espace
        Vainement lui dit : « halte-là ! »

IX.

Il l'aimait ! Il l'aimait ! ! ! — C'est qu'elle était si belle
Qu'on en rêvait d'amour ; que pour un regard d'elle,
Un diable sans retard se serait converti,
Et qu'un saint, sans regret, serait devenu diable !...
Son œil noir, qui brûlait, était si délectable,
Qu'un pape, pour s'y voir, se serait perverti,
Et qu'il eut tout donné, Rome, tiare et chape ;
— Qu'un sauvage eût vendu sa case et son zarape ;
— Le grand turc, son harem ; — un Juif, tous ses bazars ;
— Un empereur, son sceptre ; — un chevalier, sa lance ;
— Un moine, son couvent ; — un juge, sa balance ;
    — Un général, ses étendards !...

X.

Unissez au jasmin un frais bouton de rose,
Un lys, une pervenche avec l'aurore éclose,
Un souffle de la brise, un regard d'Ariel ;
De plus, faites poser Hélène ou Cléopâtre,
Et que Benvenuto coule tout en albâtre,
En l'animant ensuite avec le feu du ciel ;
Et vous n'aurez encor, par cette œuvre divine,
Qu'un reflet imparfait de ma jeune héroïne.
— Voulez-vous son portrait ? Fouillez vos souvenirs,
Cher lecteur, et songez à la première femme,
Qui, la nuit, à seize ans, allumait dans votre âme
    La flamme ardente des désirs !...

XI.

Or, voilà qu'au moment où je prends cette histoire,
La prière est finie. En sa cellule noire,
Framéa, tristement, seule avec sa douleur,
Accoude ses deux bras sur sa fenêtre étroite.
— Nul zéphir n'agitait la silhouette droite
Des arbres; au couvent, tout dormait, et la fleur
Exhalait les parfums de son brûlant pétale.
La nuit était sereine, et la lune au front pâle,
Se voilant tour-à-tour sous les nuages gris,
Leur prêtait par moments mille formes étranges :
Batailles de géants, rochers, forêts, archanges,
      Noirs démons et blanches houris.

XII.

Tout-à-coup les grands yeux de la nonne brillèrent;
Son cœur battit plus fort; tous ses membres tremblèrent :
Au milieu de l'azur, Framéa vient de voir
Une forme adorée, un grand et beau jeune homme,
Qui lui tendait les bras en lui souriant comme
Paôlo. — C'était bien son front blanc, son œil noir,
Ses longs cheveux, son port et sa fine moustache.
Sur ce portrait charmant son œil vole et s'attache,
Et croyant l'empêcher de prendre son essor,
De sa voix pure et fraîche alors elle commence,
Pour le faire rester, une douce romance
      Comme un écho des harpes d'or :

XIII.

« Beau feu follet, brillante étoile,
« Astre charmant éclos aux cieux,
« Oh ! ne fuis pas ! Que rien ne voile
« Ton aspect si doux à mes yeux !..

« Car n'es-tu pas, forme céleste,
« L'image de mon Paôlo ?
« Mon bien-aimé, ne fuis pas, reste !
« Mon paradis, c'est ce tableau !..

« Mais, hélas !, si tu n'es qu'un rêve,
« Que toujours dure mon sommeil ;
« Que la nuit jamais ne s'achève :
« Tu fuirais avec le soleil !... »

XIV.

Et comme bien souvent, lorsque la nuit est sombre,
L'oreille entend parfois des paroles dans l'ombre,
— Une voix qui disait : « Franéa ! » répondit
A ce chant amoureux. — Voix tremblante de même
Que dans un rendez-vous, le soir, on dit : « je t'aime ! »
A celle dont le sein près du vôtre bondit,
Dont on presse les doigts, dont on baise la joue,
Quand sa petite main dans vos cheveux se joue,
Et qui vous mit au cœur votre premier amour.
— Or la voix qui disait : « Franéa ! » semblait celle
Dont Paôlo, jadis, répétait à sa belle
        Ses doux serments de chaque jour.

XV.

La voix vibrait encor comme un son sur la lyre,
Réveillant dans le cœur de la nonne en délire
Tout le brillant essaim des rêves d'autrefois ;
Et tel qu'un jeune oiseau qu'on ravit au bocage,
Passe sa tête rose au dehors de sa cage,
Quand le soleil de mai vient empourprer les bois,
De même Framéa, l'âme tout inquiète,
Penche sur sa fenêtre et sa taille et sa tête,
Interrogeant des yeux les abords du couvent.
— « Mon Paôlo ! » dit-elle, « est-ce vous ? » — « Oui, mon âme ! »
Lui répondit la voix d'un accent plein de flamme,
        Que lui porta l'aile du vent.

XVI.

C'est bien son Paôlo, son bien-aimé, nul doute ;
Il est là tout près d'elle, il est là sur la route,
Une main sur son front, palpitant de bonheur,
Et craignant de mourir, si l'on mourait de joie...
La nonne le contemple, et son âme se noie
Dans une mer d'amour qui reflue à son cœur...
Il est là sous ses pieds, et de sa main tremblante,
Elle peut effleurer sa figure brûlante.
Mais leurs cœurs sont trop pleins pour se parler. — Chacun
Se tait ; — et l'on n'entend que le vent qui balance
Le chêne, qui se plaint au milieu du silence,
        Ou l'oiseau, qui vole au ciel brun...

XVII.

Paôlo, le premier, sortit de son extase.
Tout délirant encor du bonheur qui l'embrâse,
Le voilà, dans deux bonds, près de sa Framéa.
Leurs corps sont enlacés, et leurs âmes jumelles
Se jurent pour toujours des amours éternelles...
— Le ciel en abrégé ! — Le jour où Dieu créa
La femme pour Adam, moins grande fut l'ivresse
Qui leur brûla le cœur... Sur le sein qui le presse,
Le sein bondit ardent... — « Framéa ! » — « Paôlo ! »
Et ce sont des baisers, et des baisers encore...
« — Mon cœur ! — Mon bien-aimé ! — Mon amour ! — Je t'adore ! »
    Vraiment c'était un beau tableau ! !..

XVIII.

Paôlo racontait à la nonne ravie
Le sombre désespoir qui dévorait sa vie,
Ses courses dans le monde, et ses longues douleurs,
Depuis ce jour fatal où le destin infâme
Sépara leurs deux cœurs, qu'un même amour enflamme.
— Et la nonne disait à Paôlo les pleurs
Qui, la nuit et le jour, lui brûlaient les paupières ;
Qu'elle mêlait son nom à toutes ses prières,
Et qu'elle allait mourir, s'il ne fût pas venu...
— Et leurs yeux sur leurs yeux, ils se disaient des choses
Si bas, que se touchaient leurs lèvres demi-closes,
    Ivres d'un bonheur inconnu.

XIX.

La nuit fut courte, hélas! car plus la joie est grande,
Plus promptement aussi le temps jaloux commande
Aux Heures d'attacher des ailes à leurs pieds;
Et déjà le soleil, précédé par l'aurore,
Empourprait l'horizon, que son disque colore,
Qu'ils étaient tous les deux, l'un sur l'autre appuyés,
Se demandant encor si ce n'est pas un rêve.
« Ange! — dit Paôlo, — ce soleil qui se lève
« Est de notre avenir l'emblème radieux.
« O fleur du paradis! dans ce noir monastère,
« Sans nul soleil d'amour tu languis solitaire,
          « Viens avec moi, fuyons ces lieux! »

XX.

— « Et mes vœux! mes serments! » — lui répondit la nonne.
— « Et notre amour!! » — reprit Paôlo. — Non, personne,
Après ce mot, n'eût pu retenir Framéa.
— L'aurore, cependant, qui commençait à naître,
De sa blanche lueur éclairait la fenêtre.
— « Fuyons! » cria l'enfant, d'un ton qui recréa
L'âme de Paôlo de bonheur écrasée.
Le jeune homme, aussitôt, franchissant la croisée
Reçut entre ses bras la nonne qui tremblait;
Et tous deux, bâtissant des châteaux en Espagne,
En se donnant la main, coururent la campagne,
          A l'heure où l'oiseau s'éveillait...

XXI.

Déjà le vieux couvent ne montre plus son faîte ;
Dans le cœur des amants, tout est bonheur et fête :
Ils vont par les sentiers, une main dans la main,
Paôlo frémissant de bonheur et d'ivresse
Chaque fois que l'enfant auprès de lui se presse,
Quand son petit pied heurte aux pierres du chemin ;
Tantôt courant, tantôt s'arrêtant pour se dire
Qu'ils s'aimeront toujours d'un amoureux délire ;
Puis reprenant après leur vol sous le ciel bleu.
— Et vraiment, à les voir, on dirait deux archanges,
D'amour et de beauté poétiques mélanges,
        Prêtés à la terre par Dieu.

XXII.

Ils buvaient au ruisseau, couchaient sur l'herbe fraîche,
Et la nuit, Paôlo, contre son sein, empêche
Le corps de Framéa de trembler sous le vent ;
Le lendemain, plus gais que l'oiseau qui voltige,
Ou plus épanouis que la fleur sur sa tige,
Ensemble ils reprenaient leur course en se levant ;
Lui, le bonheur dans l'âme ; elle, heureuse et tout aise
Pour un rien : un insecte, une fleur, une fraise ;
Courant sur la pelouse en chantant sa chanson ;
Puis revenant après, tremblante et toute rouge,
Pour un oiseau qui vole, une branche qui bouge,
        Un lézard frôlant un buisson.

XXIII.

Enfin ils ont touché le sol de l'Italie.
Ils ont choisi Venise, où la mer se replie
Autour de ses vieux murs, ainsi qu'un chien joyeux
Sous les pieds de son maître; — et, dans la solitude,
Ils boivent de l'amour toute la plénitude.
Leur bonheur est celui qu'on doit goûter aux cieux ;
Ils vivent l'un pour l'autre, et la foudre qui gronde
Autour d'eux, ne pourrait troubler leur paix profonde.
— Eh ! que nous font les bruits qui viennent du dehors,
Quand on croit à l'amour, et que l'âme est suivie
D'un ange qui nous tend la coupe de la vie,
      En nous en parfumant les bords !..

XXIV.

Donc le bonheur sur eux, de ses étroits calices,
Verse à longs flots l'amour et ses chaudes délices.
Leurs deux cœurs confondus n'en forment plus qu'un seul...
Le temps passe... On voudrait ne plus quitter la vie,
Quand ainsi tout sourit à nos yeux. — Qui n'envie
Ces beaux jours que sitôt, sous son morne linceul,
Etouffe le malheur? — A vingt ans, tout est rose :
De nos illusions, la couvée est éclose;
Innocente couvée, hélas ! que bien souvent
Le froid du désespoir glace avant que leurs ailes
N'aient pu la soutenir aux voûtes éternelles,
      Trop débiles contre le vent ! !..

.   .   .   .

.   .   .   .

XXV.

Le nid de leurs amours est tout près de Venise,
Sur la plage. — Le soir, ils respirent la brise,
Qui caresse leurs fronts de l'haleine des fleurs.
— Or, voilà qu'il fait nuit, nuit tiède et parfumée.
Paôlo, mollement, près de sa bien-aimée
Est assis, et ses yeux laissent couler des pleurs.
« Pourquoi, — dit Framéa, — pleurer ainsi? » — « Mon âme,
« C'est d'amour ! » — « Eh bien ! moi, — reprit la jeune femme, —
« Je devrais donc tarir les larmes de mes yeux,
« Car je t'aime ardemment, et je suis bien heureuse ! i »
Et tous deux s'enlaçaient de l'étreinte amoureuse
   Qu'à la terre ont appris les cieux...

XXVI.

— « Que si l'on me disait, vois-tu, ma souveraine,
« L'enfer pour ton amour, ou le ciel pour ta haine,
« Je dirais sans regret : « l'enfer !.. » Car sais-tu bien
« Ce que c'est que l'amour, tel que le sent mon âme?..
« C'est un fleuve qui bout; c'est un torrent de flamme...
« L'amour !.. oh ! le sais-tu ? l'amour ! !.. c'est le lien
« Qui seul peut rattacher notre vie à la terre !
« La vie !.. oh ! sans l'amour, ce n'est plus qu'un cratère
« Eteint, un corps sans âme, un vallon sans écho,
« Un papillon sans aile, un arbre sans verdure ;
« C'est un jour sans soleil, un ruisseau sans murmure;
  « C'est un vivant dans un tombeau ! !..

XXVII.

« N'être qu'un même corps, ne former qu'un seul être,
« Vivre et mourir ensemble, et peut-être renaître
« Pour revivre une vie éternelle et sans fin ;
« Nous absorber tous deux dans une amour profonde,
« Loin des bruits importuns et des fracas du monde,
« Seuls dans l'immensité, sous l'œil du ciel, enfin !
« — Toi, le divin flambeau qui brille en ma nuit sombre,
« Dont l'éclat resplendit comme un astre ; et moi, l'ombre
« Qui te suit pas à pas et qui n'est que par toi ;
« Moi, le front inspiré ; toi, la sainte auréole ;
« Moi, le prêtre fervent ; toi, la divine idole ;
      « Moi, l'Espérance, et toi, la Foi ! »...

.   .   .   .

XXVIII.

.   .   .   .

Quelques mois ont passé. — Le jour commence à naître,
Et l'oiseau qui chantait s'est tu, voyant paraître,
Au détour d'un bois sombre, un homme à l'œil hagard,
Marchant à pas pressés et l'écume à la lèvre,
Comme si, de son feu, le dévorait la fièvre.
D'une main convulsive, il froisse son poignard ;
Sur son front contracté la douleur est empreinte,
Et sa voix qui gémit, semble la voix éteinte
D'un mourant. — Quel est-il ? — Oh ! personne, à coup sûr,
Ne songe à Paôlo, pensant bien qu'il repose
Près de sa Framéa, la lèvre demi-close,
      Dans le fond d'un boudoir obscur.

XXIX.

— Car, bon lecteur bourgeois, tu croyais mon histoire
Probablement finie; et déjà la mémoire
Repassait les romans de Scott ou de Cooper,
Qui finissent toujours par un bon mariage
Couronnant un amour comme un soleil, l'orage.
— Mais tu ne sais donc pas que l'amour est trompeur,
Et que rien n'est plus faux que parole de femme?
On vous aimait hier, aujourd'hui, — chose infâme! —
On rit de vos soupirs, on fausse ses serments;
L'âme s'endort au ciel, joyeuse, et se réveille
Quand la déception, qui la guette et la veille,
    Accourt la mordre à belles dents.

XXX.

Donc, quelques mois à peine ont suffi pour détruire
Cet amour, qui devait, dans son fougueux délire,
Ne finir qu'à la mort des deux amants. — Hélas!
Le jeune homme a compris que le cœur de la nonne
Se refroidit pour lui chaque jour, et que sonne
L'heure où la mort bientôt devra tinter son glas.
Car ces mots délirants et ces chaudes caresses,
Ces baisers convulsifs, ces ardentes ivresses,
Ces longs serments d'amour, tout a fui comme un son.
La nonne est infidèle, et depuis une aurore,
Paôlo n'a pas vu celle qu'il aime encore,
    Malgré sa lâche trahison.

XXXI.

Aussi son cœur se brise, et la douleur ardente
Met sur son front brûlant, comme aux damnés du Dante,
Sa main de plomb. Il marche au hasard et sans voir
Le soleil qui, splendide, à l'horizon se lève,
Le flot doux et limpide expirant sur la grève,
Et l'oiseau qui s'éveille au jour. — Quand il fait noir
Au fond du cœur, hélas ! que nous font les murmures
Du vent, ou de la mer, ou des cieux ? — Les tortures
Qui dévorent son âme ont éteint le flambeau
De ses jours ; son cœur saigne ; il lui faut de l'espace ;
Et c'est pitié de voir le jeune homme qui passe,
    Comme un mort sorti du tombeau !

XXXII.

Il marche, il court, il vole, il dévore la plaine.
Enfin, rompu, brisé, sans voix et sans haleine,
Près d'un massif ombreux de citronniers en fleurs,
Il tombe. — Bien longtemps, couché sur l'herbe verte,
Il resta, l'œil éteint, le bras sans pouls, inerte
Comme un mort.... A la fin, secouant ses douleurs,
Il se leva, chassant sa lourde léthargie,
Pâle comme au matin d'une nocturne orgie !
Mais son œil entr'ouvert soudain se referma,
Car près de lui deux voix alternaient : — Voix de femme
Et d'homme ; — et Paôlo jurerait sur son âme
    Que c'est la voix de Framéa....

XXXIII.

Il douta tout d'abord. — « O mon Dieu ! c'est étrange ! »
— Se dit-il. — Or les voix parlaient ainsi : « Mon ange !
« Voici le jour qui vient, nous devons nous quitter ! »
— « Pourquoi, ma Framéa, ressembler aux étoiles,
« Puisque chaque matin il faut que tu te voiles?...
« Ne t'en va pas encore ! » — Hélas ! puis-je rester ?..
« Je reviendrai ce soir. » — « Jure-le sur ton âme ! »
— « Je le jure!.. A ce soir ! » — Et deux baisers de flamme,
Bien chaudement donnés et rendus, dans le cœur
De Paôlo brisé tout-à-coup retentirent,
Aigus comme un poignard, et ses genoux fléchirent ;
    Puis il tomba, fou de douleur!...

XXXIV.

Une heure s'écoula. Les dents mordant la terre,
Le jeune homme resta près du bois solitaire
Evanoui, mourant... Et ce fut un bonheur
Pour son heureux rival, car Paôlo, sans doute,
L'aurait de ses deux mains étranglé sur la route...
— Quand il se releva, tout, hormis sa douleur,
S'était enfui: l'amant et la nonne infidèle.
Seulement, à leur place, un reste de dentelle
Se balançait encore aux branches d'un buisson.
— Paôlo, dans ses doigts, le tordit avec rage;
Et des pleurs, sous ses cils, se frayant un passage,
    Roulèrent sur le vert gazon.

XXXV.

Et rien n'existait plus dans son âme meurtrie
Que son illusion en sa sève flétrie,
Quand il s'en retourna. Seulement, dans ses yeux,
Brillait le sombre feu des mourants; son front pâle
D'un mouvement nerveux tremblait par intervalle;
Sa lèvre était aride, et ses doigts anxieux
Se crispaient sourdement sur sa poitrine nue.
Certes, on l'aurait pris pour une âme venue
Du tombeau, — tant son air était sombre et fatal;
Tant sur son front blêmi la mort semblait empreinte ;
Tant sa voix qui pleurait, hélas! semblait éteinte;
        Tant son désespoir faisait mal !...

XXXVI.

Quand il eut découvert dans le lointain bleuâtre
Sa cabane adossée à la forêt verdâtre,
Pendant quelques instants, sur le bord du chemin,
Il resta morne et sombre ainsi qu'une statue,
Regardant dans le fond de son âme abattue,
Immobile, sans force et le front dans sa main...
— Puis, sortant tout-à-coup de sa muette extase,
Comme un flot comprimé qui déborde d'un vase,
Un soupir s'échappa de son sein oppressé;
Et, regardant le ciel, il dit : — « Encore une heure
« A vivre... et c'en est fait ! » — Alors vers sa demeure,
        Il s'avança le front baissé.

XXXVII.

Framéa l'attendait. En le voyant : — « Mon ange,
« D'où viens-tu si matin ? » — « J'ai fait un rêve étrange,
« Et je viens de baigner mon front dans le grand air. »
— « Tu vas me le conter ? » — « Oui ! j'y consens, écoute ! »
Et s'asseyant près d'elle au tournant de la route,
Il voila de ses yeux le dévorant éclair.
— « C'est une vision qui, sans doute, était fausse,
« — Dit-il, — car je voyais cette nuit une fosse,
« Dont la mort relevait devant moi le linceul ;
« Puis une voix criait ces mots à mes oreilles :
« Ta maîtresse te trompe alors que tu sommeilles,
          « Tu ne la possèdes pas seul !

XXXVIII.

« Et je ne sais comment une main invisible,
« M'enlaçant d'une force immense, irrésistible,
« Me plongea, malgré moi, dans le cercueil béant...
« Mon front ensanglanté frappait contre la planche...
« J'étouffais !... Tout-à-coup, une ombre rose et blanche
« M'apparut... J'entr'ouvris deux grands yeux de géant,
« Et je te reconnus, toi, Framéa ! — Ton ombre
« Brillait comme un flambeau dans mon sépulcre sombre,
« Je voulus te presser contre moi, mais, horreur ! !
« Je sentis sur ton front l'empreinte tiède encore
« Des baisers d'un rival... puis un nom que j'ignore,
          « Alors s'échappa de ton cœur !... »

XXXIX.

— « C'est faux ! — dit Framéa, — tu sais bien que je t'aime,
« Mon Paôlo chéri, toi seul, plus que Dieu même !
« C'est faux ! vois-tu, c'est faux !!.. les rêves sont toujours
« Menteurs !.. Tu n'y crois pas?.. Oh ! ce serait infâme
« Seulement d'y songer !... » — « Que diriez-vous, Madame,
« De celle qui trahit ses serments, ses amours,
« Qui vous dit pardevant : « Je t'aime ! je t'adore ! »
« Quand sur sa double face, hélas ! fument encore
« Les chauds baisers d'un autre?.. » — « Oh! pourquoi ces soupçons,
« Réponds, mon bien-aimé? » — « Pourquoi? c'est que ton heure
« Est venue, et qu'il faut aujourd'hui que tu meure,
      « Car c'est assez de trahisons !!..

XL.

« Nous nous sommes promis autrefois, ce me semble,
« De ne pas nous survivre et de mourir ensemble.
« Or je suis las de vivre et n'ai plus de pitié.
« — Je sais tout !.. Cette nuit, sur ta poitrine nue,
« Un rival a dormi!.. Donc, ton heure est venue!
« Notre cercueil est là, tiens! prends-en la moitié!!.. »
— Alors. sans écouter la nonne qui supplie,
Paôlo, froidement, sans répondre, délie
Les lacets qui serraient le sein de Framéa;
Et tirant son poignard, dans le cœur de la nonne,
— Comme Othello le fit jadis pour Desdémone, —
      Par quatre fois il le plongea....

XLI.

Et prenant les cheveux de la nonne expirante,
Le jeune homme en choisit une mèche odorante
Dont il fit une corde, et qu'autour de son col,
En pleurant, il roula; — puis, brûlant sa cabane,
Il se pendit ensuite aux branches d'un platane...
— Bien des nuits, la chouette effleura dans son vol
Ces corps qui vacillaient sous l'aile de la brise.
Ce fut longtemps après, que des gens de Venise,
En passant par hasard dans ce lieu retiré,
Trouvèrent, suspendus, ces deux maigres squelettes,
Et comme les forêts restent toujours muettes,
    Ce fait longtemps fut ignoré...

. . . .

XLII.

Que si l'on me disait, d'une voix doctorale:
— « Dans ce sombre poème, où trouver la morale? »
Je répondrais de suite au ponctuel lecteur :
— « Ne vous fiez jamais à l'amour de la femme;
« Toujours contre l'amour sachez garder votre âme,
« Car il n'est, à mon sens, de mal plus destructeur ! »
Et je dirais de plus aux mères de familles :
— « Ne contraignez jamais les penchants de vos filles ;
« Laissez l'oiseau chanter comme le cœur aimer !
« L'amour est un tyran qui règne sur le monde;
« Le couvent n'est pas fait pour une tête blonde;
    « La fleur veut l'air pour l'embaumer !.. »

                              Mai 1854.

I.

AU BORD DE LA MER.

Per amica silentia Lunæ.

(Virgile. *Énéide*.)

AU BORD DE LA MER

Il est sur le rivage une plage déserte,
Où la mer vient mourir sur des galets polis ;
Où le flux et reflux ballottant l'algue verte,
Comme un serpent géant le roule en longs replis.

La mer y fait entendre avec sa voix immense,
Ce grand bourdonnement monotone et plaintif,
Qui sans cesse finit, et toujours recommence,
Triste comme le chant que murmure un captif.

Là, je vais bien souvent à cette heure bénie
Où le ciel se confond avec le flot obscur,
Ecouter en rêvant cette douce harmonie
Que chante avec le soir la brise dans l'azur.

J'aime à rester ainsi, bien longtemps, solitaire,
Les yeux perdus au loin plongeant dans l'horizon,
Seul avec ma pensée et mon amour austère,
Au vent léger des nuits disant tout bas *son nom*...

Car il n'est maintenant, dans l'exil où je pleure,
Pour mon cœur oppressé, qu'étouffent les sanglots,
Qu'un souvenir ami dont le parfum m'effleure
Et berce ma douleur au murmure des flots !

Je l'aperçois qui passe avec le blanc nuage
Et vogue doucement sur le flot endormi,
Dans l'étoile d'argent, je vois son doux visage,
J'entends parler sa voix dans le vent qui frémit.

Tous ces parfums, ces bruits, que la grande nature
Fait monter vers le ciel lorsque tombe le soir,
Sont les baumes divins qui calment ma blessure,
Et me chantent au cœur quelques notes d'espoir.

Aussi, la nuit souvent étend son aile sombre,
Que je suis encor là, solitaire et rêveur,
Ecoutant la chanson que murmure dans l'ombre
La grève avec le flot, l'espoir avec mon cœur....

Oran, Mai 1858.

II.

SAINTE-HÉLÈNE.

Ici gît... point de nom !... demandez à la terre
Ce nom !...

(LAMARTINE. *Méditations*).

J'étais géant alors et haut de cent coudées.

(VICTOR HUGO. *Orientales*).

De lumière et d'obscurité,
De néant et de gloire étonnant assemblage...

(CASIMIR DELAVIGNE *Messéniennes VI*).

Encor Napoléon ! Encor sa grande image !

(BARBIER. *Iambe VII*).

Il fut un jour, — il fut une heure où la terre était
à la France, et la France à toi...

(LORD BYRON. *Ode à Napoléon XVII*).

SAINTE-HÉLÈNE.

I.

Quand le puissant vainqueur d'Arcole et d'Austerlitz
Elevait sa jeune aigle au-dessus des vieux lis,
    Et que dans cent batailles
La gloire le sacrait grand parmi les plus grands ;
      — Que semblable aux torrents,
Il marchait, renversant les plus fortes murailles !

Qu'Alexandre, César, Attila, Tamerlan,
Tous ces maîtres vainqueurs de l'univers tremblant,
    — Comme des météores
Dont s'efface l'éclat lorsque le soleil luit, —
      Palissaient devant LUI,
Lui ! le grand artisan des victoires sonores !

Qu'il eût bien façonné, de son bras colossal,
La France monarchique et le Monde vassal
    Sous son obéissance ;
Qu'orgueilleux et debout au faîte des grandeurs,
      Ebloui de splendeurs,
Il se fût énivré du vin de la Puissance !

Quand il eût promené du Nil à la Dwina
Les bataillons poudreux que son souffle entraîna
    Pendant quatorze années,

Sur ses pas conquérants dans l'univers entier,
— Et que son front altier
Portait en traits de feu ses hautes destinées !

Qu'il eût à ses genoux le monde obéissant ;
Que nouveau Charlemagne, au trône d'Occident,
Dans ses nuits d'insomnie,
Il rêvait, aveuglé par la tentation ;
— Et que l'Ambition
Sans cesse à ses côtés veillait, fatal génie!...

Que des soldats sans nombre, attentifs et soumis,
Sur un signe de Lui foulaient ses ennemis ;
Que toujours la Victoire,
En esclave fidèle, accourait à sa voix,
Et que peuples et rois
Etaient les marche-pieds qui servaient à sa gloire !

Qu'en voyant s'accomplir tous les vœux qu'il formait,
Il se crut à la fin monté sur le sommet
De l'édifice immense
Qu'il s'était élevé de son bras de géant ;
Que l'abîme béant
Ne s'était pas encore ouvert sous sa démence...

— C'était un beau spectacle ! Et si grand, que jamais
L'œil humain, contemplant les plus lointains sommets
Dont l'histoire étincelle,
N'entrevoit rien qui peut l'égaler en grandeur ;
Et que tant de splendeur
Eblouit le regard qui s'attache sur elle !..

II.

Mais quand il arriva que le monde lié
Sous son joug, redressa son front humilié ;
   — Que du Dniéper au Tage,
L'Espagnol et ses feux, le Russe et ses glaçons,
   Furent les bûcherons
Qui sapaient nuit et jour ce chêne au vaste ombrage ;

Que terrassé, vaincu, dépouillé, morne, seul ;
Cloué sur son rocher comme dans un linceul,
   Sans licteurs et sans trône ;
Laissant sur ses genoux tomber son front pensif,
   — Pâle et sombre-captif
Qu'un vainqueur inhumain a fait changer de zône ;

Que son astre eût pâli ; que son nom fût rayé
De la liste des rois, par le monde effrayé
   De son terrible règne ;
— Prométhée enchaîné sur un roc infécond,
   Sentant le bec profond
Du noir Vautour Ennui ronger son flanc qui saigne....

Oh ! c'était un spectacle encore bien plus grand !
L'âme en est éblouie, et le vertige prend
   A contempler cet homme !
Tout s'efface et pâlit devant ce grand martyr :
   Alexandre dans Tyr,
Cyrus à Babylone, Octave-Auguste à Rome ! ! !

Debout sur cet écueil perdu dans l'océan,
Sur les siècles muets, comme un phare géant,
     Il dresse un front austère;
Et plus grand dans les fers, renversé de son char,
     Qu'un manteau de César,
Il semble quelque Dieu foudroyé sur la terre ! ! !

                 Janvier 1862.

III.

LA POÉSIE

C'est moi qui fais parler l'épouse dans ses songes ,
La jeune fille heureuse apprend d'heureux mensonges ;
Je lui donne des nuits qui consolent des jours ;
Je suis le roi secret des secrètes amours.

(ALFRED DE VIGNY, *Eloa*).

LA POÉSIE.

I.

Le cœur saignant encor d'une atroce douleur,
Tout meurtri, tout brisé par le vent du malheur,
J'errais seul, au hasard, le front dans ma poitrine.
Le ciel gris tamisait une fine bruine,
Car l'hiver approchait, et les arbres rouillés
Profilaient tristement leurs rameaux dépouillés,
Que l'orage qui souffle, en tournoyant emporte.
Je pleurais en secret mon illusion morte,
Mon doux rêve d'amour brutalement heurté,
Comme un petit oiseau dans son œuf avorté ;
— Et de mes yeux rougis s'échappaient deux rivières
De pleurs silencieux inondant mes paupières.
Enfin, lassé d'errer, sur le bord d'un torrent,
Mêlant à son fracas mon sanglot déchirant,
Je m'assis. — Les éclairs au loin rayaient les nues ;
La foudre mugissait, et des voix inconnues
Se répondaient parfois de la terre et du ciel.
— Et j'étais toujours là, le cœur ivre de fiel,
Ne croyant plus à rien, et n'ayant d'autre envie
Que d'éteindre en mon sang le flambeau de ma vie.
— Pendant que ce désir hurlait dans mon cerveau,
Tel qu'un lion captif qui ronge son barreau,
J'entendis dans l'espace un doux frôlement d'aîles
S'abattre près de moi des voûtes éternelles.
Un éclair, à l'instant, illuminant les cieux

D'un losange de feu, montra devant mes yeux,
Comme une vision qu'on perçoit avec l'âme,
Un séraphin du ciel, un archange, une femme
S'avançant sans fouler le gazon sous ses pas.
— Une des harpes d'or reposait dans ses bras ;
Sa robe aux plis flottants, de la couleur du cygne,
Montrait un buste droit comme une jeune vigne.
Tel qu'un manteau royal inondé de parfums,
Jusqu'à ses pieds d'oiseau tombaient ses cheveux bruns ;
A son dos palpitaient ses ailes reployées ;
Ses prunelles d'azur de pleurs étaient noyées,
Et sa voix modulait de ces plaintifs accords
Pareils à ceux qu'on chante à la fête des morts....
Cette apparition, qui rayonnait dans l'ombre
Comme une étoile d'or dans le fond d'un ciel sombre,
Se montrant tout-à-coup au milieu des éclairs,
De la foudre et des vents qui sifflaient dans les airs,
Mêlant sa voix plaintive à la foudre qui gronde,
Versait dans mes esprits une terreur profonde....

. . . .

La vision alors s'avançant près de moi
Qui tremblais, tout ému, d'un indicible effroi,
D'un sourire céleste illumina sa lèvre,
Prit dans sa main ma main que dévorait la fièvre,
Et sur son luth sonore accompagnant sa voix,
De sons mélodieux elle remplit les bois :

II.

« Pourquoi trembler ainsi ? — Je suis la *Poésie*,
« L'astre brillant d'amour pour une âme choisie,
        « Le blanc ramier du ciel,

« Le pur rayon tombé du Triangle suprême,
« La plus suave fleur qne Dieu sema lui-même
          « Dans le cœur d'un mortel !..

          « Foyer d'amour et de lumière,
          « Tout rayon converge vers moi ;
          « Et je suis la source première
          « Qui d'un esclave fait un roi !
          « Loin de cette terre fétide,
          « Dans mon vol à l'aile rapide,
          « Bien plus haut que la pyramide,
          « Je porte l'homme vers les cieux ;
          « Et là, je déchire le voile
          « Qui lui cachait la sainte étoile,
          « Dont l'éclat alors se dévoile
          « Et resplendit devant ses yeux !

« C'est moi qui sais calmer les âmes qui gémissent ;
« Et lorsque de mon luth les cordes qui frémissent
          « Disent un chant sacré,
« Comme un démon qui fuit aux paroles d'un prêtre,
« La douleur disparaît et l'extase vient naître
          « Dans le cœur ulcéré !

          « Car, dans mon cerveau qui fermente
          « Comme le flot de l'océan,
          « Quand le démon de la tourmente
          « Le frappe dans son vol géant,
          « Le passé qui tremblant s'incline,
          « Le présent qui vite chemine,
          « Et l'avenir qui s'illumine,
          « — Eblouissante trinité ! —

« Dévoilent à l'homme sur terre
« Le mot sacré, l'énigme austère,
« Lui montrant à nu le mystère
« Sur qui le sage a médité...

« Heureux le cœur humain qui me prend pour maîtresse!
« Heureux! trois fois heureux!!! celui que je caresse
    « De chants harmonieux !
« Ma voix, pour le bercer, a des chansons magiques,
« Plus douces que l'écho des harpes séraphiques
      « Qui vibrent dans les cieux !

   « Le vieil Homère en sa détresse,
   « Et Job dans son morne abandon ;
   « Le Tasse pleurant sa maîtresse
   « Entre les murs de sa prison ;
   « Le Dante proscrit de Florence ;
   « Milton pâli par la souffrance ;
   « Victor Hugo loin de la France ;
   « Ne sont-ils pas tous mes enfants ?
   « Oiseaux qu'on a changés de zône,
   « Dans cette impure Babylone
   « Ils se préparent la couronne
   « Qui ceindra leurs fronts triomphants !...

« Et lorsque ces martyrs, méconnus sur la terre,
« Viennent à moi, portés par la brise légère,
    « Epuisés, amaigris,
« J'ai pour récompenser leurs travaux héroïques
« Des palmes, des baisers et des Edens mystiques,
    « Où tous seront compris !...

« Aussi, ne pleure plus, jeune homme !
« Concentre-toi dans mon amour,
« Et ton printemps brillera comme
« Il brillait à son plus beau jour !
« Car j'ai pour ton âme altérée,
« Une boisson pure et sacrée,
« Qui, par moi-même préparée,
« Calmera les sombres douleurs ;
« Alors cessera ton martyre,
« Pour toi renaîtra le sourire,
« Et je couronnerai ta lyre
« De vers, de blasons et de fleurs ! !... »

Décembre 1864.

IV.

ÉLÉGIE.

Je compris que l'aimer, était peine inutile ;
Et cependant mon cœur prit un amer plaisir
A sentir qu'il aimait, et qu'il allait souffrir.

(A. DE MUSSET. Idylle.)

O charmante Galathée, pourquoi rejetez-vous un cœur qui vous
aime? Vous êtes plus blanche que le lait, plus tendre qu'un
agneau, plus légère qu'une génisse ; mais plus âpre que le
raisin vert.

(Théocrite. Idylle.)

ÉLÉGIE.

—

A Madame ***

—

Ne me demandez pas pourquoi je l'aime tant !
Pourquoi, si je la vois, mon cœur est palpitant
    Comme un luth éolien qu'effleure
Dans son vol parfumé l'aile humide du soir !
Pourquoi sur son amour j'ai bâti tout l'espoir
    Dont je berce mon cœur qui pleure !

Pourquoi de ses yeux bleus un regard, tout un jour,
Solitaire et muet, me fait rêver d'amour !
    Pourquoi sa gracieuse image
Sans cesse devant moi, comme un prisme doré,
Flotte confusément dans l'éther azuré,
    Ou comme au désert un mirage !

Pourquoi sa douce voix, aux sons harmonieux,
Fait vibrer de mon cœur l'écho mystérieux !
    Pourquoi je donnerais mon âme
Pour presser un instant sur mes lèvres sa main !
Pourquoi je vais souvent quêter, sur son chemin,
    Un regard de ses yeux de flamme !...

J'avais pourtant juré d'oublier cet amour :
Je voulais être heureux, et j'espérais un jour
   Retrouver ma gaîté passée ;
Je m'étais dit, voyant que mon rêve est flétri :
« Soyons homme ! et chassons loin de mon cœur meurtri
   « Cette passion insensée !

« Pourquoi vouloir chercher l'impossible et rêver,
« Quand la réalité m'empêche d'achever
   « Le temple saint qu'à mon idole
« Dans le fond de mon cœur, je construisais joyeux ?
« Car ce n'est pas pour moi que rayonnent ses yeux,
   « Ni que gazouille sa parole !... »

— Et cependant, malgré mes pleurs et mes tourments,
Malgré son ris moqueur et malgré mes serments,
   Eh bien ! je l'aime encor, je l'aime !...
Mon cœur est dévoré par cet amour de feu ;
Je l'aime en insensé, plus que tout, plus que Dieu,
   Et plus que l'éternité même ! ! !..

Comment ce pur amour dans mon cœur a germé ?
Je ne sais !... je la vis un jour... et je l'aimai !
   Tant d'éclat brille en sa prunelle !...
Depuis j'ai bien souffert, j'ai bien maudit le sort,
Invoqué bien des fois à mon aide la mort...
   — Pour l'oublier, elle est trop belle !...

C'est mon premier amour ! C'est son regard vainqueur,
Qui, la première fois, fit naître dans mon cœur

L'extase sainte et le délire !
Je n'ai de cet amour recueilli que des pleurs,
Et cependant, malgré mes sanglots, mes douleurs,
    Je me complais dans mon martyre !

C'est qu'elle est belle aussi comme un ange du ciel !
Qu'au lieu de Fornarine, autrefois Raphaël,
    Pour peindre ses vierges aimées,
L'eut prise pour modèle et cherché tour-à-tour
A boire avidement le génie et l'amour,
    Sur ses deux lèvres parfumées !

C'est que son nom charmant est doux comme un soupir,
Frais comme le baiser que donne le zéphyr
    La nuit, au lotus solitaire...
— Rayonnement divin venu du fond des cieux,
Dieu ne fit à coup sûr, pour réjouir nos yeux,
    Que te prêter à notre terre ! ! !..

Car un charme énivrant, victorieux, profond,
Brille dans tes yeux bleus, resplendit à ton front,
    Comme une céleste couronne.
O sainte fleur d'amour et de mysticité !
Je ne sais quel parfum, comme un lys argenté,
    Embaume l'air qui t'environne !. ...

— De quel nom t'appeler ? — Démon ou Séraphin ?
Astre heureux ou fatal ? — Car ton amour, enfin,
    Fait que je pleure et que je chante !
Lui seul me fait mourir, et me fait vivre aussi ;
Il est mon seul bonheur, il est mon seul souci,
    Il me désespère et m'enchante...

— Mais qu'importe ! je veux, quand j'en devrais mourir,
L'aimer comme un oiseau qu'on ne pourrait saisir,
    Un doux parfum qui s'évapore,
Un son, une harmonie, un rêve gracieux,
D'un amour idéal, sans fin, mystérieux,
    Pur et brillant comme l'aurore ! ! !...

                         Mars 1858.

V.

STELLA

γλαυκῶπις Ἀθήνη.

(HOMÈRE. *Odyssée* C. 1er.)

STELLA.

Que j'aime à voir sous sa mantille
Les boucles de ses cheveux noirs
Encadrer son œil qui pétille ;
Car, sans mentir, la jeune fille
Est plus belle que les beaux soirs !

Lorsqu'en courant dans la prairie,
Fleur, elle butine les fleurs
Qu'à ses cheveux elle marie,
Jalouse, la rose fleurie
Pâlit sous ses vives couleurs.

Le lys de désespoir se penche ;
La tulipe au front orgueilleux
Incline sa corolle blanche,
Et l'anémone et la pervenche
Ont moins d'éclat que ses yeux bleus....

L'oiseau près d'elle chante et cause,
Et, la croyant éclose au ciel,
L'abeille en bourdonnant se pose
Sur sa bouche, — grenade éclose,
Croyant y butiner son miel....

Car il n'est pas d'astre qui brille
D'un éclat plus vif et plus pur
Que sa beauté de jeune fille, .
Et son œil, — rubis qui scintille,
Fait pâlir la voûte d'azur...

— Que j'aime à voir sous sa mantille
Les boucles de ses cheveux noirs
Encadrer son œil qui pétille ;
Car, sans mentir, la jeune fille
Est plus belle que les beaux soirs !

Avril 1854.

VI.

SONNET

......Je puis mourir : tu m'as pleuré, tu m'aimes !

(CASIMIR DELAVIGNE. *Marino Faliero* A. I. S. II.)

SONNET.

Il faut partir ! Il faut, sur la rive étrangère,
M'exiler ! mais avant, mon bel ange à l'œil bleu,
Laisse-moi sur ton front, posant un long adieu,
Par la voix de mon cœur te faire une prière.

— Le pays vers lequel je porte ma misère
Est régi par un maître aussi puissant qu'un Dieu.
Au plus léger soupçon le despote prend feu,
Et vous fait étrangler par quelque janissaire...

Eh bien ! prends en pitié mes pleurs et mon amour !
Coupe de tes cheveux plus brillants que le jour
Et plus noirs que la nuit une mèche, ô ma reine !

Et si c'est à Stamboul que le trépas m'attend,
J'entourerai mon coù de ce collier d'ébène,
Et je mourrai joyeux, mon ange, en le baisant !...

Janvier 1858.

VII.

SONNET

.......Facili sævitia negat,
Quæ poscente magis gaudeat eripi....

(HORACE, *Livre* II, *ode* XII.)

SONNET.

(Imité d'Horace.)

Ange ! quand nous irons, à l'heure où fuit le jour,
Nous égarer, rêveurs, dans la forêt muette ;
Que sentant sur mon sein la chaleur de ta tête,
Je te regarderai de mes yeux pleins d'amour ;

— Et qu'arrivés au coin de quelque frais détour,
Nous asseyant tous deux sur la mousse discrète,
Au plus profond des bois, seuls avec la fauvette,
Qui siffle sa chanson aux échos d'alentour...

— Alors, si tu le peux, ô ma jeune maîtresse !
Repousse de mes bras la brûlante caresse
Et retarde en luttant le moment du plaisir ;

Irrite de mes sens l'ardeur voluptueuse,
En dérobant ta lèvre à ma lèvre amoureuse :
— Car plus l'obstacle est grand, plus grand est le désir

Juin 1857.

VIII.

— SOIS HEUREUSE !

Be strong, live happy, and love!

(MILTON, *Paradis perdu*, L. VIII.)

SOIS HEUREUSE !

(ROMANCE).

I.

S'il faut que tout se compense,
Prends la joie et le bonheur ;
Pour moi, j'accepte d'avance
    Tout le malheur !

II.

S'il faut, pour que ta voix chante,
Que mes yeux doivent pleurer,
J'y consens, l'âme contente,
    Sans murmurer !

III.

Pourvu que le soleil brille
Sur ton front toujours serein,
Que m'importe, ô jeune fille,
    Mon noir chagrin !

IV.

Avec lui sois donc heureuse !
Que m'importe de souffrir ;
J'aurai l'âme trop joyeuse,
Pour en mourir !...

Août 1869.

IX.

AVRIL.

Avril, c'est ta douce main
        Qui, du sein
De la nature dessère
Une moisson de senteurs
        Et de fleurs,
Embasmant l'air et la terre.

(Remy Belleau.)

AVRIL.

Sous ses tièdes baisers, ainsi qu'un jeune amant,
Avril fait entr'ouvrir le calice des roses;
Tout renaît, — et la fleur aux corolles écloses,
Avec l'oiseau des cieux sourit au firmament.

Le fin tapis des prés reverdit et s'émaille
De rosée et de fleurs; l'orgueilleux bouton d'or
Près de la pâquerette égrène son trésor;
L'hirondelle s'ébat sur le lac, qu'elle éraille.

L'aubépine de neige embaume les sentiers;
Le merle siffle et cause au milieu des futaies;
L'insecte d'émeraude, endormi sur les haies,
Se mêle et se confond aux fruits des églantiers.

Joignant à deux rameaux sa toile, l'araignée
Attend qu'un moucheron, en étourdi volant,
S'enchevêtre au tissu de son lac vacillant,
Pour s'endormir après sur sa gorge saignée.

Le timide chevreuil bondit dans les forêts;
Au milieu des roseaux coasse la grenouille;
Le troupeau mugissant dans les prés s'agenouille;
— Tout s'anime et fleurit : la rose et le cyprès.

4.

Le soir, lorsque la lune argente les prairies,
Des couples amoureux, énivrés de parfums,
Passent en dénouant leurs cheveux blonds ou bruns,
Et confondent leurs cœurs en douces causeries.

Tout est joie et bonheur au printemps : — Le soleil,
Le ciel bleu, le pré vert, le poisson qui frétille,
L'abeille qui maraude et l'oiseau qui babille,
Nous font le cœur joyeux et le front plus vermeil.

Alors on est heureux de respirer ; — le doute,
Comme un chien flagellé, s'enfuit en grommelant ;
L'espoir aux ailes d'or revient d'un vol tremblant,
Et sème, en souriant, des fleurs sur notre route.

Avril 1855.

X.

REGRETS.

Nobis quum semel occidit brevis lux,
Nox est perpetua una dormienda.

(CATULLE.)

REGRETS.

Déjà la colombe roucoule,
Et le flot babillard qui coule
    Baise en passant
Le nénuphar, dont le vent roule
    Le front luisant.

Tout s'aime, s'unit et s'accouple :
Dans les bois, la couleuvre souple,
    Et vers son nid,
On voit au loin, voler par couple
    L'oiseau béni.

Car du sommet touffu des chênes,
Du haut des montagnes prochaines,
    Tombe la nuit;
Et dans le cristal des fontaines,
    L'étoile a lui.

C'est l'heure où la colline grise,
Comme une fille bien apprise,
    Voile son sein,
Craignant, dans l'ombre, de la brise
    Quelque larcin....

Oh ! dans la prairie embaumée,
Viens dans mes bras, toute pâmée,
　　Sous les tilleuls !
Il est si doux, ma bien-aimée,
　　Là, d'être seuls !

La nuit, tu m'appartiens, j'oublie
Mon amère mélancolie
　　Et ma douleur ;
Et sur mon cœur ton beau front plie
　　Comme une fleur.

Mais, hélas ! de même qu'un songe,
Dont le réveil fait un mensonge,
　　Au jour, tu fuis ;
— Et moi, je reste seul — et songe
　　A mes ennuis !

Je suis alors comme une lyre
Qu'aurait brisée en son délire
　　Un fol enfant ;
— Car loin de toi, dans son martyre,
　　Mon cœur se fend...

　　　　　　　　　　　Août 1856.

XI.

RUINES.

Hélas ! combien de fois, seul veillant sur ces cimes,
Où notre âme plus libre a des vœux plus sublimes,
Beaux astres ! fleurs du ciel dont le lys est jaloux,
J'ai murmuré tout bas......

(A. DE LAMARTINE Méditation VIII.)

RUINES.

Quand décline le jour, et que la douce haleine
Du zéphyr rafraîchit et les monts et la plaine;
      Que tout ruisselant d'or,
Le soleil fatigué dépose sa couronne,
Et comme un roi puissant qui descend de son trône,
      Dans la pourpre s'endort;

Quand les vagissements de la nature entière
S'élancent vers le ciel, ainsi qu'une prière
Que murmure l'enfant à la chute du soir;
Quand le jour qui s'enfuit et la nuit qui s'avance,
Dans la brune, tous deux, se croisent en silence,
Comme des souverains qui changent de pouvoir...

Alors que de la plaine et des forêts bénies,
S'élève le concert des douces harmonies
      Que murmure la nuit;
Que les rumeurs du jour se sont tout envolées;
Que rien ne trouble plus le calme des vallées;
      Que le tumulte a fui...

Je vais souvent errer, loin des bruits de la foule,
Sur un rocher désert, que personne ne foule,
Car des débris poudreux couronnent son front nu;
— Débris d'un autre temps, qui réveillent dans l'âme
Je ne sais quoi d'austère et de grand, dont la flamme
Brille à mes yeux ravis d'un prestige inconnu.

Et là, triste et pensif, seul au milieu des ombres,
M'asseyant à l'écart sur ces mornes décombres,
     J'aime à rêver, le soir,
A ces beaux jours passés où la chevalerie
Plantait avec orgueil sa bannière fleurie
       Sur l'antique manoir.

Avec son lévrier, je vois la châtelaine
Monter au donjon gris qui domine la plaine,
Pour chercher du regard au loin son doux seigneur,
Qui, sur son destrier, suit la meute joyeuse,
Ou bien, la lance au poing et l'âme radieuse,
S'en revient le front haut du sentier de l'honneur.

Les pages sémillants, les fières *damoiselles*,
De leurs *lais* amoureux animent les *tournelles*
     Et les sombres beffrois;
Les galants troubadours préludent sur les harpes;
Les femmes, en rêvant, préparent les écharpes
      Pour les brillants tournois...

  . . . .

Le vieux château renaît de sa poussière antique :
Je vois, comme autrefois, sa muraille gothique,
Ses verdâtres fossés et ses larges créneaux,
Son pont-levis massif, avec la sentinelle
Foulant d'un pas égal le haut de la *tournelle*;
J'entends crier la meute et hennir les chevaux...

Et le morne castel aux tours démantelées,
Aux taciturnes cours par le temps dépeuplées,
     Aux bastions épars,

Revit, pareil aux jours où, puissante et féconde,
La Féodalité déployait sur le monde
          Ses vaillants étendarts...

.   .   .   .

Mais quand la vision s'envole avec l'aurore ;
Quand la nuit s'est enfuie, et que le soleil dore
Ces débris que le temps écrasa sous ses pas ;
Quand la réalité fait place à la mémoire ;
Que rien n'existe plus de mon rêve illusoire ;
Que la voix du passé ne chante plus tout bas ;

Triste, je quitte alors la tourelle brisée,
Emportant dans mon cœur une austère pensée
          Ravivant mes ennuis ;
Car mon âme est semblable au manoir éphémère :
Il lui faut, pour peupler sa solitude amère,
          L'illusion des nuits.

A son réveil aussi, tout fuit et tout s'écroule !
Au lieu du ciel d'azur, son pied d'oiseau ne foule
Qu'un sol froid et pierreux, où trébuchent ses pas ;
C'est la réalité qui râle à son oreille,
Prononçant à rebours les doux noms que, la veille,
La sainte illusion lui murmurait tout bas.....

                              Novembre 1854.

XII.

VANITAS.

Memento, Homo, quia pulvis es, et in pulverem reverteris.

(*Office du mercredi des cendres.*)

VANITAS.

Par les sentiers fleuris qu'embaume l'aubépine,
Les voyez-vous passer une main dans la main ;
Elle, penchant sur lui, comme une fleur divine,
  Son beau front qui s'incline,
En lui disant tout bas : « Je reviendrai demain ! »

Lui, le cœur énivré du vin de la jeunesse,
Radieux, et cueillant sur le bord du chemin
Des fleurs, dont il entoure, en odorante tresse,
  Le front de sa maîtresse,
En lui disant tout bas : « Je reviendrai demain ! »

Et leurs bras enlacés et leurs tailles unies,
Ils s'en vont sans souci des choses d'ici-bas ;
— L'oiseau perle près d'eux ses roulades bénies,
  Et les vertes prairies
Comme un grand tapis turc s'étendent sous leurs pas.

Ils sont beaux tous les deux : leur face est juvénile ;
Dans leurs veines en feu coule un sang riche et pur ;
— Tes longs cheveux sont noirs, et ton œil qui pétille
  Ressemble, ô jeune fille !
Une étoile d'argent au firmament d'azur.

A ton cœur généreux la crainte est inconnue,
Jeune homme ! et ton poignet ferait ployer l'acier ;
Tu gravis sans faiblir la montagne chenue,
    Et ta poitrine nue
A du souffle à lasser le plus ardent coursier.

A vous demain ! à vous l'espérance et l'espace !
A vous demain ! à vous le magique avenir !
Aimez-vous sans compter le temps jaloux qui passe ;
    Devant vous l'amour trace
Un horizon sans fin d'extase et de plaisir....

Jurez vous pour toujours, dans la foi de vos rêves,
Par les plus longs serments, les plus longues amours ;
La vie est une mer sans rivage et sans grèves ;
    Vos cœurs sont pleins de sèves ;
Buvez donc sans compter à la coupe des jours !

Répétez vous demain, et puis demain encore !
Le soleil devant vous se lève radieux ;
Ne songez pas au soir en face de l'aurore,
    Car l'espérance dore
Les horizons lointains de ses prismes joyeux.

Oui ! vous pouvez vous dire en toute confiance :
— « L'avenir est à nous ! » — sans penser à la mort.
Tout sourit à vos yeux, et la douce espérance
    De l'aile vous balance,
Et pose sur vos fronts un diadème d'or.

— Eh ! pourquoi, quand le sang bouillonne dans vos veines,
O jeunes gens ! penser au néant entr'ouvert ?
Lorsqu'avril tout fleuri vient parfumer les plaines
        De ses fraîches haleines,
Le lys s'épanouit sans penser à l'hiver.

Les oiseaux dans leurs nids nourrissent leurs couvées,
Sans songer au chasseur qui leur viendra ravir
Ces familles de l'air par leurs soins élevées ;
        — Et les mers soulevées
Donnent à l'alcyon leurs vagues pour dormir.

Jouissez du présent, beaux enfants de la terre !
L'heure s'enfuit rapide à l'éternel cadran ;
Et bientôt la vieillesse, invincible mystère,
        D'un souffle délétère,
Dans vos corps décharnés, glacera votre sang.

Et puis la mort viendra, — la mort, sombre harpie,
De la corruption agent mystérieux,
Qui, toujours sur le bord du chemin accroupie,
        Fatalement épie
L'homme, pour le jeter aux vers silencieux ! !

— Alors vous pourrirez dans la fosse commune ;
Il ne restera rien de vos corps en lambeaux ;
Tout sera consommé, car vos chairs une à une,
        Aux sables de la dune,
Hélas ! se mêleront dans la nuit des tombeaux ! ! !

                              Février 1860.

5

XIII.

BOUQUET DES CHAMPS.

Une beauté de quinze ans, enfantine,
Un or frisé de maint crespe anelet,
Un front de rose, un teint damoiselet,
Un ris qui l'âme aux astres achemine,
Un col de neige, une gorge de lait,
Un cœur ja meur en un sein verdelet.

(P. RONSARD. *Sonnet.*)

L'azur du ciel est moins beau que le bleu de tes yeux,
Le chant des bengalis moins doux que le son de ta voix.

(BERNARDIN DE ST-PIERRE. *Paul et Virginie.*)

BOUQUET DES CHAMPS.

—

A Mme ***.

—

Afin que mon esprit, plus libre, ouvrît son aile,
J'errais dans la campagne, à la saison nouvelle,
    Rêvant à la beauté
Dont le nom séraphique est plus doux à ma bouche
Que le duvet soyeux du cygne, pour qui touche
    Son plumage argenté.

Or, tout en cheminant avec ma rêverie,
J'avais fait un bouquet des fleurs de la prairie :
    Les bluets étoilés,
— Ces yeux bleus du printemps ; — le pavot écarlate,
Dont le bouton de feu comme un obus éclate,
    Çà et là dans les blés ;

La pervenche, qui croît à l'ombre des charmilles ;
— La marguerite, oracle aimé des jeunes filles,
    Et le lilas vermeil ;
— L'aubépine embaumant l'air de sa toison blanche,
Se groupaient, entourés par l'épi qui se penche,
    Jauni par le soleil.

Je me disais, voyant tous ces brillants pétales
Marier leurs couleurs — ainsi que sur les dalles
      Les mosaïques d'or :
— « Le rêve de mes nuits, la vierge aux seins d'albâtre,
« La colombe d'amour que mon âme idolâtre
      « Est bien plus belle encor !

« L'outremer de ses yeux, où le ciel bleu se joue,
« Ferait pâlir l'azur de ces bluets ; — sa joue
      « Au splendide carmin,
« Plus fraîche, effacerait le lilas et la rose,
« Et l'aubépine est terne, alors que je la pose
      « Près de sa blanche main !

« Ses cheveux, longs fils d'or comme ceux des Madones
« Que place le Corrège, en guise de couronnes,
      « Sur les fronts azurés
« Des vierges qu'il voyait au ciel des rêveries,
« Sont à coup sûr plus blonds que les barbes mûries
      « De ces épis dorés.

« Il n'est de Bayadère, au Harem, qui la vaille ;
« De l'homme au séraphin, c'est la première maille
      « Qui joint la terre aux cieux ;
« Absente, — tout rêveur, en silence on médite ;
« Quand on la voit, — le cœur comme un clavier palpite
      « De sons harmonieux.

« Car elle est belle ainsi qu'un rêve de poète ;
« Belle comme un rayon de soleil que reflète

« Le lac aux flots dormants ;
« Heureux ! sept fois heureux !! celui qui, dans son âme,
« — Divin flambeau d'essence, — allumera la flamme
          « Dont brûlent les amants !...

« Heureux ! qui, le premier, sur sa lèvre vermeille,
« Recueillera l'aveu de l'amour qui sommeille
          « Dans le fond de son cœur,
« Tel qu'un jeune ramier dans son nid de verdure ;
« Qui, les yeux sur ses yeux, entendra sa voix pure
          « Le nommer son vainqueur !!.. »

                                   Juin 1857.

XIV.

LE GRAND IF.

Vuela, Vuela, mi Falucho ;
No temas agua ni viento,
Que la mar est à serena ;
Despejado el firmamento.

(BARCAROLA.)

LE GRAND IF.

(Ballade.)

—

« Alza ! ma mule blanche,
« Hâte ton pas tardif :
« A l'horizon le soleil penche
« Et disparaît sous le grand if ! »

Ainsi chantait la perle des Espagnes,
Doña Carmen, la vierge aux yeux d'azur ;
— Et cependant, du sommet des montagnes,
La nuit jetait au loin son voile obscur...

Soudain, du fond d'un ravin bordé d'arbres,
Sort en hurlant un cercle de bandits.
— Leurs cœurs de bronze ont la froideur des marbres ;
Nulle pitié n'est sur leurs fronts maudits.

Comme une fleur que courbe la tempête,
Doña Carmen en vain tombe à genoux ;
— Mais tous ont dit : « Une telle conquête
« Doit revenir au plus adroit de nous. »

Déjà l'un d'eux jette un *duro* par terre :
Tous vers ce but abaissent leurs fusils.
— Le fier Munoz, que la luxure altère,
Par son adresse a remporté le prix......

— C'en était fait de la vierge céleste,
Quand don Carlos, qui la suivait de loin,
Comme un lion qui bondit d'un pied leste,
Sur les brigands, vole la dague au poing.

Munoz, sanglant, à ses pieds roule et tombe ;
Chaque bandit fuit devant le vainqueur ;
— Et don Carlos, relevant la colombe,
Avec amour l'emporta sur son cœur......

Le lendemain, au bruit des castagnettes,
Des gais propos et des joyeux ébats,
On entendait, comme deux alouettes,
Deux jeunes voix qui murmuraient tout bas :

      « Alza ! la mule blanche,
      « Hâte ton pas tardif :
   « Le prêtre, en habits de dimanche,
   « Pour nous bénir, attend sous l'if !... »

                              Avril 1863.

XV.

MÉLANCOLIE.

Era gia l'ora che volge il desio

A' naviganti, e' ntenerisce 'l cuore

Lo di eh' han detto a' dolci amici addio :

E che lo nuovo peregrin d'amore

Punge, se ode squilla di lontano

Che paia 'l giorno pianger che si nucore.

(DANTE. Purgat., VIII.

En quelqu'endroit que j'aille, c'est une amère, helas ! bien amère douleur que je traine avec moi.

(GOETHE. Faust.)

Et mon âme était triste, et l'espérance en sortait de toutes parts comme d'un vase brisé.

(LAMENNAIS. Paroles d'un croyant. XI.

C'est l'heure où le rossignol fait entendre du haut des arbres ses accents mélodieux ; c'est l'heure où les promesses des amants semblent si douces dans chaque mot prononcé tout bas.

(LORD BYRON. Parisana. C. Ier.)

Tous les soirs suis-je donc condamné à être poursuivie de l'ombre de Chemmâ ? Quoiqu'elle ait éloigné de moi sa demeure, causera-t-elle toujours mon insomnie ?

(RABIAHBEN ALKOUDEN.)

MÉLANCOLIE.

Le couchant s'embrasait d'une mourante flamme,
Et l'étoile du soir, pâle reflet du jour,
— Flambeau que pour la nuit le crépuscule enflamme, —
Brillait dans le ciel sombre, et mille voix dans l'âme,
    Chantaient un cantique d'amour.

C'était l'heure sacrée, où le ciel et la terre
Se parlent à voix basse en disant tout bas : « Dieu ! »
L'heure, où l'âme, rompant le voile qui l'enserre,
S'élance avec ardeur sur l'aile du mystère,
    Planant dans un cercle de feu !

L'heure sainte et féconde, où la pensée ardente,
A l'étroit sur la terre, au ciel vole et bondit,
S'y plonge en un instant, et dans l'enfer du Dante
Vient, explique et comprend la vengeance pendante
    Sur le front brûlé du maudit....

— Alors, portant en moi cet amour qui me ronge,
Sur le mont sourcilleux, je vais seul et rêveur
Regardant à mes pieds mon ombre qui s'allonge,
Penser à ces beaux jours envolés comme un songe,
    Après avoir brisé mon cœur.

Et là, laissant tomber mon front sur ma poitrine,
— Comme un mort qui la nuit a quitté son tombeau,
Je rêve..... et le soleil, qui lentement s'incline,
S'est éteint, que je suis encor sur la colline,
      Immobile comme un tableau.

Que de choses alors traversent ma pensée !
Que de bruits inconnus hurlent dans mon esprit !
— Et je sens de nouveau, dans mon âme glacée,
Le feu dont autrefois elle était embrasée,
      Avant que la fièvre la prît !

Je reconstruis, joyeux, mes rêves de jeunesse ;
Et, secouant au loin l'énervante torpeur
Qui glaçait mon esprit du froid de la vieillesse,
Tout mon corps rajeuni tressaille d'allégresse,
      Et je crois encore au bonheur...

Le rossignol qui dit ses chansons à la rose ;
La forêt qui gémit sous le souffle des vents ;
La source avec ses fleurs qui babille et qui cause ;
Le sylphe aérien qui dans les lys se pose ;
      Les arbres aux cheveux mouvants ;

Le timide Angelus qui lentement résonne ;
Le vent au léger vol tout chargé de parfums ;
Le calme de la nuit ; l'insecte qui bourdonne ;
Les échos se parlant d'une voix monotone ;
      La lune éclairant les cieux bruns...

Vivante poésie, harmonieux cantiques,
Que la terre au ciel bleu chante, — au déclin du soir ;

Baumes venus des cieux, ivresses extatiques,
Me murmurent alors ces paroles magiques :
    « Bonheur ! Amour ! ! Espoir ! ! ! »

Je la vois devant moi, je crois à son sourire,
Je crois à ses serments, je m'enivre d'amour :
Le doute au bras d'airain de mon cœur se retire,
Et mon front se déride, et je reprends ma lyre,
    Confiant comme au premier jour !...

  . . . .

Insensé que je suis !... Tout cela n'est qu'un rêve !
Il n'est plus, ici-bas, d'espérance pour moi :
Le monde n'est qu'un livre insipide, — et j'achève
De le lire au galop, car mon cœur se soulève
    Devant son égoïsme froid !

Je ne crois plus à rien !... Et cependant mon âme
Aurait tant voulu croire au bonheur ici-bas !
A la vertu de l'homme, à l'amour de la femme....
—Mais ce sont des mots creux : le monde est trop infâme,
    Il les bannit, il n'en veut pas !

Je ne crois plus à rien ! !.. à qui la faute ? — O certes !
A ce siècle avili, dont le souffle empesté,
Qui s'exhale toujours de sa gueule entr'ouverte,
Flétrit-tout ; — et qui court ardemment à sa perte,
    Par les passions emporté !

A celle qui vous dit pardevant : « Je vous aime ! »
Qui, sous un corps charmant, cache un cœur imparfait ;
Qui vous fait à vingt ans le visage plus blême
Que celui d'un vieillard, — et qui trahirait même
    Dieu, — si Judas ne l'avait fait !...

Mai 1854.

XVI

LES BAIGNEUSES.

De grand matin la pucelle
Va devancer la chaleur,
Pour de la rose nouvelle
Cueillir l'odorante fleur.

(JEAN ANTOINE DE BAÏF)

LES BAIGNEUSES.

I.

J'aime à les voir jouer nues,
        Sous les nues,
N'ayant pour manteau léger,
Que leurs longs cheveux d'ébène,
        Que l'haleine
Du zéphyr fait voltiger.

Comme un sylphe dans la rose,
        Je me pose
De grand matin dans les blés ;
— Et là, j'attends que l'aurore
        Brille — et dore
Le bord des cieux étoilés.

Puis, dès que l'aube au front pâle
        Comme opale,
Resplendit aux cieux sereins,
Je les vois accourir toutes,
        Par les routes,
En chantant de gais refrains....

Lorsque la bande rieuse
        Et joyeuse

Arrive auprès du ruisseau,
— Avant de quitter la robe,
  Qui dérobe,
Comme un importun rideau,

Beaux corps de rose et d'albâtre,
   Où folâtre
Le sang en veines d'azur;
Seins gonflés, taille qui penche,
   Gorge blanche
Comme un lys sous un ciel pur,

Je les vois, levant leurs têtes,
   Inquiètes,
Regarder dans les buissons;
— Et, pour un oiseau qui vole,
   Bande folle,
Interrompre leurs chansons.

Alors, croyant que personne
   N'environne
Et ne trouble leurs ébats,
Les voilà dansant en rondes,
   Vagabondes,
Foulant les fleurs sous leurs pas.

Le riant essaim tournoie,
   Plein de joie,
En jetant à tous les tours,
D'une main légère et douce,
   Sur la mousse,
Quelques-uns de ses atours:

Robes et corsets fidèles.
　　Et dentelles,
Avec chemises de lin....
Mais le dernier tour s'achève,
　　Est-ce un rêve
Qui doit s'enfuir au matin ?..

Car les voilà toutes nues,
　　Sous les nues,
N'ayant pour manteau léger,
Que leurs longs cheveux d'ébène,
　　Que l'haleine
Du zéphyr fait voltiger.....

II.

On croirait que de la terre
　　Un parterre
De mille fleurs émaillé,
Soudain surgit plein de sève,
　　Tel qu'en rêve
En voit l'œil émerveillé,

Tant sont belles sans toilettes
　　Les follettes,
Tournant en ronde en chantant,
Et mirant leurs corps d'ivoire
　　Et de moire
Sur l'eau du ruisseau, — flottant....

Je vois leurs gorges naissantes,
　　Ravissantes,
Aussi dures que l'acier,
Et leurs tailles élancées,
　　Balancées
Comme un tronc de peuplier ;

Cuisse ferme et jambe souple,
　　Où s'accouple
La grâce à l'agilité ;
Et leurs petits pieds plus roses
　　Que les roses,
Le matin d'un jour d'été....

. . . .

Certes, mon âme ravie,
　　Sur ma vie
Hypothéquerait cent ans,
Pour voir toujours ces merveilles
　　Sans pareilles
Au ciel des Mahométans,

S'ébattre ainsi toutes nues,
　　Sous les nues,
N'ayant pour manteau léger,
Que leurs longs cheveux d'ébène,
　　Que l'haleine
Du zéphyr fait voltiger.

Avril 1854.

XVII.

CONTRASTES

(1777

.... Les oiseaux
Qui sont les plus charmants sont ceux qui chantent faux.

(A. DE MUSSET. *Mardoche* XXXI.)

CONTRASTES.

Tout est contraste-sur la terre :
Après l'hiver, c'est le printemps ;
A la nuit sombre et solitaire,
Succèdent les jours éclatants.

Le paon au céleste plumage,
A le chant détestable et faux ;
Le rossignol au doux ramage
Est le plus affreux des oiseaux.

Il en est ainsi de la femme :
L'une possède la beauté ;
— L'autre, n'ayant de beau que l'âme,
Ne brille que par sa bonté.

J'ai mal choisi : Celle que j'aime
Est belle, il est vrai, mais son cœur
Est comme un roc sur qui l'on sème :
Rien n'y germe, ni grain ni fleur.

Septembre 1860.

XVIII.

LE CŒUR PERDU.

L'écho de leurs accents, comme autrefois charmé,
Redit encore : « Ils ont aimé ! »

(DELPHINE GAY DE GIRARDIN. *Poésies complètes. Le retour.*)

LE COEUR PERDU.

Je vous ai vue un jour, souriante et joyeuse,
Et depuis ce moment, je crois que j'ai rêvé ;
Adieu le doux repos d'une existence heureuse,
On m'a volé mon cœur !... L'avez-vous retrouvé ?

Si vous me l'avez pris, il faudra me le rendre ;
Je ne veux pas ainsi laisser perdre mon bien ;
Je suis, pour l'obtenir, prêt à tout entreprendre,
Car vous avez deux cœurs, — et j'ai perdu le mien !

Mais pour vous témoigner que je suis bon apôtre,
Si malgré ce larcin vous voulez vivre en paix,
Vous garderez mon cœur, et je prendrai le vôtre,
Et rien ne pourra plus nous brouiller désormais.

La gentille voleuse accepta cet échange,
Et quelques jours après, tout leur était commun :
Leurs cœurs s'étaient fondus dans le plus doux mélange ;
Fusionnés ensemble, ils n'en formaient plus qu'un !

Juin 1869.

XIX.

HEUR ET MALHEUR.

Vous aviez tous les biens, heureuse créature,
La belle liberté dans la belle nature.

(THÉOPHILE GAUTIER. Ce monde ci et l'autre.)

Il est, il est sur terre une infernale cuve,
On la nomme Paris...

(BARBIER. Iambe x.)

Tant le monde renferme d'existences flétries, de cœurs désolés,
de chairs nues, d'âmes corrompues, de tortures de toutes espèces.

(LACORDAIRE. 19e Conférence.)

Pauvreté ! Pauvreté ! c'est toi la courtisane.
C'est toi qui dans ce lit as poussé cet enfant
Que la Grèce eût jeté sur l'autel de Diane !...

(A. DE MUSSET Rolla.)

... Voilà
Ce qui fit qu'un matin la douce fille alla
Droit au gouffre.

(VICTOR HUGO. Contemplations.)

Qu'est-ce que cette histoire de Fantine ? C'est la société achetant
une esclave. — A qui ? — A la misère.

(VICTOR HUGO. Les Misérables, xi)

HEUR ET MALHEUR.

—

A madame la Marquise de L***

—

I.

Rien encor n'a fané ni terni vos yeux noirs,
Qui brillent sous vos cils ainsi que deux miroirs
Où pour se regarder plus d'un vendrait son âme.
— C'est qu'un astre doré vous fit naître, Madame,
Dans cette caste heureuse où si peu sont élus,
Pour qui doute et malheur sont des mots superflus ;
Car vos nobles aïeux sont Marquis et Duchesses,
Et dans quelque palais regorgeant de richesses,
Pour la première fois votre œil s'ouvrit au jour.

Dès lors, en vous couvrant d'un long regard d'amour,
De vos moindres désirs le sort se fit esclave ;
Et la nécessité, — cette fatale entrave
Qui si souvent arrête au milieu des chemins
Les pauvres malheureux qui se tordent les mains, —
N'enchevêtra jamais les aîles éthérées
De vos illusions, ces colombes nacrées.

Un peuple de valets suivant vos pas joyeux,
Attentifs et soumis, devinaient dans vos yeux,
De vos désirs d'enfant jusqu'aux moindres caprices.
Le luxe et le confort furent vos deux nourrices ;
L'opulence tissa de ses doigts parfumés
De votre frais berceau les langes embaumés ;
Vous tétâtes le lait de leurs riches mamelles,
Et l'ange du bonheur vous couvrit de ses aîles.

Votre mère !... Oh ! pour vous, c'était l'ange gardien
Que Dieu met pour veiller sur l'enfant sans soutien ;
Car elle vous aimait de cet amour austère,
Terrible, ardent, jaloux, qui fait que sur la terre
La femme est un reflet de la face de Dieu !
— Et quand elle pressait sur ses lèvres de feu
Votre front plus poli que l'aîle des colombes
Ou vos cheveux plus noirs que le marbre des tombes,
Baignant ses doigts joyeux dans vos longs cheveux bruns,
Mer aux flots ondoyants inondés de parfums ;
Qu'elle vous regardait avec toute son âme,
Savourant vos baisers... Eh bien ! la faible femme,
Que le vol d'un insecte eût fait trembler d'effroi,
Aurait bravé pour vous la colère d'un roi !...

Aussi, belle, enviée, ô blanche tourterelle,
Vous épanouissant sous l'aîle maternelle,
Chaque jour, plus gaîment, vous couronna de fleurs,
Et de votre front pur éloigna les douleurs.

Vous eûtes pour combler vos vœux de jeune fille
Des bijoux à nourrir au moins une famille :

Joyaux, perles, saphirs, diamants et rubis,
Hochets étincelants, magnifiques habits,
Souples robes de gaze et frais rubans de moire,
Moins brillants mille fois que votre cou d'ivoire....
— Esprit, grâce, beauté, tout vous sourit : — le ciel,
Prodigue à votre égard, avait couvert de miel
Les bords toujours amers de la science aride.
Rien ne vous arrêtait ; intelligence avide,
Désirant tout sonder, brûlant de tout savoir,
Pour comprendre à l'instant, vous n'aviez qu'à vouloir.
Musique, Poésie et Peinture : — doux anges
Qui vous chantent tout bas des paroles étranges,
Sœurs dont la voix console au milieu des regrets,
Vous livrèrent gaîment leurs plus chastes secrets,
Et veillant tour-à-tour, attentives, fidèles,
Couvrirent votre front de l'ombre de leurs aîles.

Après ce fut le bal, le bal étincelant,
La danse aux pieds légers dans un salon brillant,
Les jeunes cavaliers aux galantes paroles,
Aux regards langoureux, et dont les plus frivoles
De ces beaux papillons au corselet vermeil
Voltigeaient chaque soir, comme autour d'un soleil,
Près du siége où trônait votre beauté de reine.
— Et vous, l'orgueil au front, comme une souveraine,
D'un seul de vos regards faisant mille jaloux,
Vous regardiez d'en haut, courbés à vos genoux,
Ces jeunes gens altiers transformés en esclaves.
Les plus lâches alors seraient devenus braves ;
Ils auraient tout osé, car vous étiez pour eux
Un rayon de soleil dans un ciel ténébreux....

Rêve de Murillo, vision blanche et rose,
Lys éclos à l'aurore à côté d'une rose,
Astre qu'on ne peut voir sans en être ébloui,
Parfum mystérieux pour le cœur réjoui,
Rayon venu du ciel, léger flocon de neige,
Idéal que rêvaient Pétrarque et le Corrège !...

. . . .

Plus tard, quand votre cœur, comme un lys au printemps,
Entr'ouvrit à l'amour ses songes de vingt ans,
Vous n'eûtes qu'à choisir parmi les beaux esclaves
Qui suivaient votre char et portaient vos entraves.
— Vous prîtes le plus beau : svelte, grand, fait au tour,
Œil de feu tout rempli de délire et d'amour,
Cheveux noirs et bouclés, élégante moustache,
Front pâle où le regard avec amour s'attache,
Noble cœur débordant de nobles sentiments,
Comme la jeune fille en aime pour amants....
— Lui, vous idolâtrait avec toute son âme ;
Et vos cœurs embrasés par une même flamme,
Se fondirent dès lors dans un commun amour,
Que le bonheur faisait plus profond chaque jour....

II.

Tandis que près de vous, la jeune prolétaire,
Traînant dans sa mansarde étroite et solitaire,
Ses longs jours sans soleil et ses nuits sans repos ;
Sentant la fièvre en feu lui dévorer les os,
Pauvre à ne pas savoir où poser son front pâle,
Pendant que vous chantiez, se tordait dans le râle.

Le jour, on la voyait, pieds nus, sur les chemins,
Aux riches qui passaient tendre ses maigres mains,
Affronter le soleil, ou le givre, ou la grêle ;
Et lorsque son aumône avait été trop grêle,
Sa mère, la faisant se ployer à genoux,
Meurtrissait son corps nu de travail et de coups...

Ainsi passa pour elle, à gémir dans les larmes,
Ce bel âge d'enfant, si gai, si plein de charmes,
Au souvenir si frais, qu'on regrette toujours
Comme un songe envolé bien loin ces heureux jours.

Et cependant, semblable aux frêles ravenelles
Qui croissent à l'écart aux fentes des tourelles,
Qu'arrose l'eau du ciel, et dont les doux parfums
S'exhalent vers le soir loin des yeux importuns,
La pauvre enfant croissait, forte et pleine de sève,
Comme un arbre en plein champ qu'un laboureur élève.
— Elle était à quinze ans déjà belle. — A la voir
Courant par les sentiers, en chantant, vers le soir,
Son tablier rempli de fleurs et de brins d'herbes,
Ou portant sur sa tête un lourd fardeau de gerbes,
On eût dit d'une Grecque au temps d'Agésilas,
Comme pour en sculpter en cherchait Phidias.

Car sa beauté, vrai Dieu ! n'était pas apprêtée
Comme aux villes, le soir, quand la parure ôtée,
La femme, — que l'art seul fait belle, — n'ayant plus
Tous ces hochets brillants, tous ces riens superflus,
Reste avec son squelette aux formes disparues.
Avec les faux appas qu'on vend au coin des rues,

— Chez elle, rien n'était factice. Aucun bijou
Ne couvrait, il est vrai, ni ses bras ni son cou,
Mais les simples épis, dont les guirlandes blondes
Retiennent sur son front les boucles vagabondes
De ses longs cheveux noirs qui valent des trésors,
Et les pauvres haillons qui recouvrent son corps,
Laissant voir à demi la beauté de ses formes ;
Sa taille aux reins cambrés, dont les corsets difformes
N'ont pas encor gâté les gracieux contours ;
Ses dents blanches, ses yeux aux longs cils de velours,
Sa chair aux tons bronzés par le vent et le hâle
Et sa gorge opulente aux deux globes d'opale,
En faisaient un morceau qu'en ce monde on vend cher,
Et que sait exploiter le trafiquant de chair...
— Car dans ce siècle atroce, où, nouvelle Gomborre,
A Paris, — que le vice à l'œil ardent dévore, —
A Paris, où pour l'or on a tout ; où l'on vend,
Comme chez les bouchers, la chair ; où, bien souvent,
Quand des sergents de ville, au coin des sombres rues,
Les cohortes, la nuit, au loin sont disparues,
Et que dans l'ombre alors se glisse en obliquant
Une vieille ridée, au chef gris et tremblant,
Qui, pour un louis d'or, vous promet la colombe
Dont vos griffes de loup s'en vont creuser la tombe,
— Que peut la jeune fille avec son doux regard,
Pauvre cygne qui tombe aux filets du renard ?.....

. . . .

Un jeune homme, — opulent de vices et de rentes
Et dépensant sa vie à des amours errantes,
Sortait un soir d'hiver du bal de l'Opéra,
Quand un fatal hasard voulut qu'il rencontrât

La pauvre enfant du peuple aux formes encor neuves,
Fraîche comme les joncs qui croissent dans les fleuves.
— Un bec de gaz voisin, tout-à-coup l'éclairant,
Lui donnait le reflet des têtes de Rembrandt,
Et faisait ressortir la beauté de son buste,
Et ses yeux expressifs, et sa gorge robuste.
— Le cœur du débauché s'alluma d'un désir :
Un caprice naissait, qu'il voulait assouvir.
Il chercha le gamin le plus près : « Sur mon âme !
« Te voilà deux louis, si tu suis cette femme,
« Et reviens demain soir, au café Tortoni,
« Pour m'apprendre son nom et m'indiquer son nid. »
— Le lendemain, au soir, une vieille infernale
Se présentait au seuil de la splendide salle
Demandant le jeune homme. — Ils sortirent tous deux.
Dans l'ombre s'accomplit leur trafic monstrueux :
Quelques mots à voix basse, un rouleau d'or qui brille,
Et ce fut tout... La mère avait vendu sa fille
Pour vingt philippes d'or! ! ! . . . .

III.

. . . . O prostitution !
Gangrène ! ver rongeur ! dont la corruption
S'attache aux flancs pourris de ce siècle où nous sommes,
Et de sa lèpre immonde infecte tous les hommes ;
Atroce courtisane aux seins nus, aux yeux creux,
Qui, tout en les flattant, fais tant de malheureux,
Quel sourire infernal vint errer sur ta bouche,
Réponds ! quand en riant, tu vis de ton œil louche
Cet ange de beauté tomber au gouffre noir ;

Où l'on ne trouve rien que doute et désespoir ?...
—, Et vous, anges des cieux ! vous qui veilliez sur elle,
Qui protégiez son front de l'ombre de votre aîle,
Qui gardiez la.clef d'or de son cœur virginal,
Pourquoi vous être enfuis dans ce moment fatal ?...
Pourquoi, quand la débauche orgueilleusement passe
Le front haut, — vous voiler de vos aîles la face,
Et la laisser traîner dans son ignoble lit,
La douce et chaste enfant que son baiser salit ?...

.   .   .   .

IV.

C'est que la jeune fille était prédestinée :
Sous l'étoile du pauvre, un jour, elle était née ;
Qui pouvait lui servir de guide ou de soutien....
— D'ailleurs, le pauvre a-t-il un bon ange gardien?...

.   .   .   .

V.

Oh ! lorsque le démon de l'or, à vos oreilles,
Murmure un chant trompeur, vous promet des merveilles,
Vous éblouit les yeux de ses feux énivrants,
Fait passer devant vous les splendides torrents
Des voluptés du siècle, et que la jeune fille,
Innocente et naïve, à ce reflet qui brille
Se laisse prendre, ainsi qu'alouette au miroir ;
Pourquoi flétrir alors et laisser sans espoir
De porter fièrement, un jour, la tête haute,
La pauvre enfant maudite à sa première faute ?....

Certes, pour les heureux du siècle, la vertu
Est facile. Jamais, sur son front abattu,
Le riche n'a senti la hideuse misère,
Qui, de ses maigres bras, sur son grabat enserre
Le pauvre décharné, qui pleure et qui blémit.
Il n'a jamais compris le besoin ennemi ;
La faim hâve gémir dans ses maigres entrailles,
Comme le vent du Nord, l'hiver, dans les broussailles ;
Ses enfants affamés criant sur leurs grabats,
Et la Nécessité lui conseillant tout bas
L'assassinat, le rapt, le vol et l'adultère.
Sa lèvre ignore encor ce poison délétère
Qui brûle, qui vicie et corrompt les meilleurs.
Sa fortune lui rend tout possible. — D'ailleurs,
Qu'a-t-il à désirer ? — Il est l'heureux du monde,
Son esquif azuré vole et glisse sur l'onde,
Sans ne jamais heurter son flanc contre l'écueil ;
Et tandis que le pauvre aboutit au cercueil
Lourdement ballotté d'alarmes en alarmes,
Après avoir compté chaque jour par ses larmes,
— Lui, souriant et gai, le front paré de fleurs,
Vierge encor de désirs, de souhaits, de douleurs,
S'il quitte le festin lorsque son heure arrive,
C'est ivre et chancelant, comme un joyeux convive !....

VI.

Ah ! qui pourrait douter que la Fatalité
Sur cette terre infâme à dessein n'ait jeté :
— L'un, pour vider la coupe, hélas ! jusqu'à la lie ;
— L'autre, pour s'enivrer d'amour et d'ambroisie ! !...

                              Octobre 1864.

XX.

MERCI!

Je puis maintenant dire aux rapides années :
Passez ! passez toujours, je n'ai plus à vieillir !
Allez vous-en avec vos fleurs toutes fanées,
J'ai dans l'âme une fleur que nul ne peut cueillir !

(VICOTR HUGO. *Les chants du crépuscule.*)

MERCI !

A Mme C. B.

Mon cœur était trop plein, je ne pouvais me taire,
Ni garder plus longtemps cet amour solitaire
      Qui débordait à flots ;
C'est pourquoi j'ai voulu, confiant en vous-même,
Vous dire à deux genoux, dans un aveu suprême,
      Chacun de mes sanglots.

Et vous m'avez laissé vous raconter le drame
Qui depuis si longtemps bouillonne dans mon âme,
      Comme un fleuve brûlant ;
Vous avez écouté le cri de ma torture,
Et doucement versé sur ma large blessure
      Un baume consolant !

C'est noble et généreux ! — Aussi, soyez bénie ;
Car je sens pour toujours mon âme rajeunie
      Par ce doux souvenir ;
Vous avez de mon cœur lu la page secrète,
Et compris ce qu'on peut, d'une douleur muette,
      Supporter sans mourir !

Oh ! merci mille fois ! Vous êtes belle et bonne,
Et vous avez au front une double couronne
             Comme un ange du ciel ;
Et Dieu vous bénira, dans sa bonté suprême,
Pour avoir arrêté le doute et le blasphème
             Dans mon cœur plein de fiel !...

Que me font à présent mes souffrances passées,
Mon illusion morte et mes larmes versées,
             Mon rêve mutilé ?
Avec moi n'ai-je pas emporté l'espérance
Que vous vous souviendrez quelquefois en silence
             Du nom de l'exilé ?...

Je ne serai plus seul : j'aurai, dans ma nuit sombre,
L'astre du souvenir pour me guider dans l'ombre
             De son éclat doré ;
Je lui dirai tout bas d'amoureuses paroles,
Comme en murmure un prêtre à ses saintes idoles,
             Dans le temple sacré.

Le jour, je laisserai, franchissant la distance,
Mon cœur, que portera l'aile de l'espérance,
             Voler à vos genoux ;
Et la nuit me berçant de ses riants mensonges,
Celle que je verrai voltiger dans mes songes,
             Ce sera toujours vous ! !

                                25 Février 1858.

XXI.

SOUVENEZ-VOUS!

L'absence est le plus grand des maux.

(La Fontaine. Fable CLXX. *Les deux pigeons.*)

La biche qui s'enfuit à travers la ramée,
Quand elle entend au bois la chasse et ses grands bruits,
Ne court pas aussi vite, ô pâle bien-aimée !
Que mes désirs courant à ta branche de fruits.

(Arsène Houssaye.)

SOUVENÉZ-VOUS!

—

A Mme C. B.

—

Oh ! quand je serai loin sur la rive étrangère,
Quand je dirai, le soir, à la brise légère
      Votre nom bien aimé ;
Et que je chargerai l'agile messagère
De vous porter mes vœux dans son vol embaumé

A l'heure où le soleil à l'horizon s'incline,
Et cache lentement, derrière la colline
      Son front découronné,
Souvenez-vous parfois, ma douce Caroline,
Qu'il est de par le monde un cœur abandonné !

Souvenez-vous aussi que je pleure en silence,
Et que pour apaiser mon amère souffrance
      Et mon long désespoir,
Je n'ai pas emporté de gage d'espérance ;
Et que mon horizon est bien sombre et bien noir !...

Mais que je n'ai jamais, dans le fond de mon âme,
Cessé d'entretenir mon idéale flamme,
Et que malgré mes pleurs,
Dans un nouvel amour, auprès d'une autre femme,
Je ne veux pas chercher l'oubli de mes douleurs.

Que je porte en mon cœur un nom que rien n'efface ;
Que franchissant les mers, la distance et l'espace,
Toujours pour vous bénir,
Avec l'oiseau rapide ou la brise qui passe,
Je laisserai vers vous voler mon souvenir ;

Que pour vous seule aussi, je fais vibrer ma lyre ;
Que vous êtes toujours la Muse qui m'inspire ;
Le blanc ramier des cieux
Qui pour sécher mes pleurs et calmer mon martyre,
Me berce doucement de chants harmonieux ;

L'idéal enchanteur que dans mes rêveries
J'entretiens à l'écart de douces causeries ;
La fleur aux frais parfums
Dont j'aime à respirer les corolles chéries,
Que je cache en secret loin des yeux importuns.

Mais songez bien surtout que l'absence est amère
Pour celui qui n'a pas trouvé d'écho sur terre
Qui redise son nom ;
Que la douleur consume, et qui vit solitaire,
Pleurant son rêve éteint dans un morne abandon...

Aussi, laissez parfois, ma pâle bien-aimée,
En songeant à mes maux, votre lèvre embaumée
      Dire mon nom tout bas ;
Et par ce souvenir mon âme ranimée,
D'ivresse et de bonheur tressaillera là-bas!....

                        Mars 1858.

XXII.

LE SOMMEIL.

Reçois bénignement mon encens et mes vœux,
Sommeil, Dieu triste et doux, consolateur du monde.

(THÉOPHILE GAUTIER. *Hymne au Sommeil.*)

Le sommeil, mort quotidienne, bain qui rafraichit nos sens fatigués, baume versé sur les blessures du cœur, second service du
splendide festin de la nature, principal aliment du banquet de
la vie.

(SHAKSPEARE. *Macbeth* A. II. S. II.)

LE SOMMEIL.

Oh ! ne réveillez pas ce vieillard qui sommeille !
Peut-être entrevoit-il sa jeunesse vermeille
      Dans le passé lointain ;
Peut-être quelque fée au regard sympathique
Montre-t-elle à ses yeux le fantôme magique
      De quelque blond Lutin.

Ne le réveillez pas ! — Avec les yeux du rêve,
Peut-être, aussi, voit-il de blanches filles d'Eve
      Aux longs cils de velours,
Sur les balcons dorés pencher leur corps qui ploie,
Et jeter à ses pieds les échelles de soie,
      Ces degrés des amours....

Regardez ! sur son front que les rides sillonnent,
La joie et le bonheur secrètement rayonnent
      D'éclats mystérieux....
Oh ! ne dirait-on pas que quelque bon Génie,
En lui versant au cœur des torrents d'harmonie,
      Soulève un coin des cieux ?

Ne le réveillez pas ! — Son sommeil, c'est sa vie ;
C'est la fraîche oasis où son âme ravie,

7.

De même qu'un ramier,
Aime à se reposer des soucis de la course,
Et s'endormir, rêveuse, aux chansons de la source,
A l'ombre du palmier.

Le sommeil d'un vieillard est une chose sainte ;
Malheur à qui réveille une douleur éteinte
Dans un rêve amoureux !
— C'est briser d'un oiseau les aîles diaprées,
Et le jeter, meurtri, des voûtes éthérées,
Sur le pavé poudreux !

Qu'il dorme, ce vieillard, qu'il repose en silence !
Car du bout de son aîle, un ange le balance
Sur une étoile d'or ;
Et ses jeunes amours, et ses jeunes années
Passent devant ses yeux, de roses couronnées,
Et chantent — quand il dort!

Hélas ! qu'est le réveil pour le vieillard qui souffre ?
— Infirme, solitaire, et courbé sur le gouffre
Qui s'entr'ouvre profond,
Sans cesse devant lui le démon du vertige,
Avec un rire affreux, en tournoyant voltige
Et lui heurte le front.

Le réveil, c'est la tombe ouvrant sa gueule sombre ;
C'est l'impuissance blême, et le ver qui, dans l'ombre,
Lui dévore le cœur;
C'est la hideuse mort près de lui qui grimace,
Et creuse incessamment les rides de sa face
De son ongle vainqueur.

C'est la réalité qui l'écrase et le broye ;
Le lourd fardeau du Christ, sous lequel son corps ploie...
       Le réveil ! le réveil ! !..
Mais c'est pour lui la mort ! — Le sommeil, c'est la vie !
Laissez-le donc dormir jusqu'à l'heure bénie
       De son dernier sommeil !...

                        Février 1858.

XXIII.

LA MORT.

Vous saurez tout, et je vais vous conter
Le mal que peut faire une femme.

(A. DE MUSSET. *La nuit d'octobre*.)

Mais puisque tu souhaites apprendre l'origine de notre amour,
Tu me verras pleurer et parler tout á la fois en te le retraçant.

(DANTE, *Enfer*, Ch. v.)

LA MORT.

Lorsque le voyageur aux déserts de l'Afrique,
Sourdement dévoré par un soleil de feu,
Promène à l'horizon son œil mélancolique,
Appelant à son aide ou le trépas, ou Dieu ;

Il arrive parfois qu'un séduisant mirage
Lui montre tout-à-coup son visage moqueur,
Et que se ranimant, prompt comme un vent d'orage,
Il bondit tout joyeux et l'espérance au cœur.

Mais plus il marche, hélas ! moins la forme incertaine
Montre à ses yeux lassés sa verdure et ses eaux ;
La vision parait toujours aussi lointaine :
L'éperon s'userait sur le flanc des chevaux.

Enfin, rompu, brisé par la course énervante,
Il s'étend tristement sur le sable de feu ;
Et la mort en passant sur la plaine mouvante,
Prend son dernier soupir dans son dernier adieu !.....

— Ainsi moi, jeune encor, j'ai senti que mon âme
S'égarait dans ce monde affreux et libertin ;
Et je voyais alors un visage de femme,
Ainsi qu'une oasis, briller dans le lointain.

Et je marchais toujours, confiant en l'étoile
Eclairant ma nuit sombre avec son feu divin;
Et le vent de l'espoir gonflait ma blanche voile.....
— Mais j'ai dans le désert, lassé mes pieds en vain.

Car le cœur d'une femme, ainsi qu'un doux mirage,
Trompe le pauvre amant qui se confie à lui :
Plus vous aimez, et plus le fantôme volage
Se rit de vos efforts et devant vous s'enfuit...

Alors, quand la fatigue a déplumé vos aîles,
Vous vous couchez par terre aussi froid qu'un mourant ;
Et votre âme est semblable aux jeunes hirondelles
Que le vent du chaos jette dans le torrent.

La mort ne vous fait plus frissonner d'épouvante ;
Ce n'est plus une vieille aux membres décharnés
Qui râle affreusement : — c'est une jeune amante
Qui ne trompe jamais ceux qui se sont donnés.

Cette maîtresse-là vous est toujours fidèle ;
Elle ne quitte plus votre humide linceul;
Et quand vous reposez, une fois, auprès d'elle,
Vous êtes assuré de n'être jamais seul !...

Juin 1862.

XXIV.

FOI.

Vere tu es Deus absconditus.

(ISAÏE, ch. IVL, v. 15.)

FOI.

Heureux celui qui croit aux choses révélées,
Dont l'âme ardente boit aux coupes étoilées
L'énivrante liqueur de la mysticité ;
Qui croit sans analyse aux ténébreux mystères
Dont Dieu cache à nos yeux, sous leurs voiles austères,
Les rayons éclatants de sa divinité !

Qui suit avec ferveur la foi de ses ancêtres,
Et qui, dans sa croyance, est semblable à ces hêtres
      Aux rameaux tortueux
Que ne peut ébranler le vent de la tempête ;
Qui n'entend pas hurler et gronder dans sa tête
      Le chaos monstrueux

Des sophismes dorés, des vagues théories,
Dont l'incrédulité, de ses lèvres fleuries,
Bourdonne autour de nous le langage trompeur ;
Qui cherche dans le Bien la règle à sa conduite,
Sans aller s'égarer à la vaine poursuite
D'un paradoxe creux, d'un mot, d'une vapeur !

Qui n'a jamais fouillé Descartes, Malebranche,
Spinosa, Condillac et Voltaire où tout penche,

Locke, Leibnitz, Newton ;
Et qui ne croit pas plus au matérialisme
Q'enseigne Helvétius, qu'au vague scepticisme
Du ténébreux Pyrrhon ;

Qui lit dans le ciel bleu, dans les forêts bénies,
Dans les flots de la mer aux saintes harmonies,
Dans le chant des oiseaux, le parfum de la fleur,
Dans le jour lumineux, dans la nuit azurée,
Dans le regard divin d'une femme adorée,
Dans tout ce qu'ici-bas nous avons de meilleur....

Que tout chante sur terre un concert de louanges
Au Créateur puissant, qui fit pour les archanges
L'azur du firmament,
L'enfer pour les démons, pour les hommes la terre ;
Et qui s'incline alors devant ce grand mystère,
Avec recueillement !

Décembre 1863.

XXV.

LE GOLGOTHA.

L'homme, s'éclairant par des lumières toujours croissantes et jamais perdues, devait retrouver cette sublimité première d'où le péché originel l'avait fait descendre ; sublimité dont l'esprit humain était devenu capable en vertu de la rédemption du Christ.

(CHATEAUBRIANT. Les Natchez. L. V.)

Ainsi devait finir le terrible mystère,
Ainsi la main de l'homme a jeté le suaire
    Sur l'étoile de Bethléem ;
On entraine Jésus vers la haute colline ;
Il expire, et sa mort couronne la ruine
    De la triste Jérusalem.

(EDOUARD TURQUETY. Amour et foi.)

LE GOLGOTHA.

Quand sur le Golgotha, le Christ à l'agonie
Buvait jusques au fond sa sainte ignominie
Et qu'il suait du sang les suprêmes sueurs ;
Que les bourreaux ardents marbraient ses chairs divines,
Martelant sur son front sa couronne d'épines, ·
— Le ciel noir se teignit de sanglantes lueurs,
Et le vent de la nuit aux ailes embrasées,
Des cieux qui se fendaient éteignant les flambeaux,
En sursaut réveilla dans leurs couches glacées
Les morts, qui de leur front brisèrent leurs tombeaux.

On crut que le moment approchait où le monde
Allait s'anéantir dans ce chaos qui gronde,
Tant le vent qui soufflait sur les monts palpitants
Apportait dans son vol de râlements funèbres ;
Tant les voix qui hurlaient au milieu des ténèbres
Avaient des sons confus, inouïs, éclatants,
Quand l'Homme-Dieu, buvant jusqu'au fond des calices,
Exhala vers le ciel son suprême soupir,
Et que la Mort, goûtant d'infernales délices,
Vint auprès de la croix, joyeuse, s'accroupir...

Et là, les yeux ardents fixés sur cette proie,
Guettant le Christ mort et grimaçant de joie,

— Toute fière d'avoir dans son empire un Dieu,
Trois jours elle veilla sur le morne sépulcre,
Comme un avare au jeu l'œil fixé sur son lucre.
— Mais la troisième nuit, l'ange au glaive de feu,
Expulsant d'un coup d'aîle, au loin, la Mort immonde,
Vint briser le cercueil où l'Homme-Dieu s'endort ;
— Alors un bruit se fit comme un volcan qui gronde,
Car en ressuscitant, le Christ vainquit la Mort.

Non cette mort des sens qui change en pourriture
Les corps qu'avec sa faux elle jette en pâture
Aux vers silencieux qui peuplent le cercueil ;
— Mais cette mort de l'âme, incorruptible essence
Qu'Emmanuel un jour fit à sa ressemblance,
Et que l'homme ternit dans son stupide orgueil.
Il ne fallait rien moins que le sang d'un Dieu même
Pour lui rendre à jamais sa première splendeur ;
Aussi Dieu se fit Homme, et de son diadême
Abaissa jusqu'à nous la suprême grandeur !

Que cet exemple est beau, magnanime, sublime,
Qu'un Dieu veuille mourir pour racheter le crime
Que la faute d'Adam faisait peser sur nous !..
C'est pourquoi, bien souvent, je rêve et je médite,
Sentant dans mon cerveau ce penser qui s'agite,
Et qui me fait, tremblant, tomber à deux genoux.
La Croix, objet d'horreur et stigmate du vice,
Devint le *Labarum* qui protégea l'autel ;
Le monde fut sauvé par ce grand sacrifice :
— La croix fut l'union de la terre et du ciel !...

Novembre 1861.

XXVI.

A BORD DU SAHEL.

Car le bonheur est fait de trois choses sur terre
Qui sont : — un beau soleil, une femme, un cheval.

(THÉOPHILE GAUTIER. *Sonnet.*)

A BORD DU SAHÉL.

(EN VUE DE BARCELONE.)

Ainsi qu'un grand poisson à fleur d'eau voyageant,
En laissant à sa suite un sillage d'argent,
Le navire fuyait. — La mer s'était calmée ;
Et sur nos fronts brûlants, une brise embaumée
Voltigeait doucement comme un frais éventail.
Le soleil se couchait dans un ciel de corail,
Et tout seul, accoudé le long du bastingage,
Je regardais, rêveur, disparaître la plage...
— Elle fuyait, rapide, avec ses noirs rochers,
Ses villages épars aux délicats clochers,
Ses bords taillés à pic et ses plages riantes,
Qu'un éternel printemps, aux lèvres odorantes,
Caresse incessamment de ses plus frais baisers.
Le grenadier vermeil, les pâles orangers,
Le laurier rose en fleur, le chêne aux frais ombrages,
Y mêlent leurs parfums, leurs fruits et leurs feuillages.
Le soleil y lutine avec le flot doré,
Qui meurt avec amour sur le sable nacré ;
Et le zéphir, chargé des senteurs de la plage,
La rafraîchit toujours de son souffle volage.

— Ah ! c'est là qu'est l'amour, c'est là qu'est le bonheur !
C'est là qu'il fait bon vivre, et que l'on sent son cœur
Se gonfler d'espérance et se dilater d'aise.
On voudrait s'élancer au pied de la falaise ;
Ainsi qu'une mouette au vol précipité,
Quitter le sol tremblant du navire agité ;
Car là-bas tout sourit, tout vous parle et vous tente ;
Aux rayons du soleil, tout palpite et tout chante ;
Et la plage, et les fleurs, et l'arbre, et les buissons,
Sont remplis de parfums, de baisers, de chansons...
— Un essaim folâtrant de jeunes filles nues
Livraient au flot lascif leurs épaules charnues ;
De tout petits enfants, retenus par la main
De leurs mères, baignaient leurs membres de carmin ;
Et plus loin on voyait, rapide comme une aîle,
Glisser coquettement l'agile balancelle.
L'incarnat des lauriers et les vierges pâleurs
De l'oranger fleuri mariaient leurs couleurs ;
— Et leurs bosquets ombreux, sur le bord de la grève,
Venaient baigner leurs pieds et rafraîchir leur sève.
De charmantes villas, comme des nids d'oiseaux,
Blanches, se suspendaient aux flancs noirs des coteaux,
Ou se miraient au bord des riants promontoires.
Puis la plage cessait... c'étaient des dunes noires
Et des rochers à pic, au front chauve et glissant ;
Et le flot, qui battait de son choc incessant
Leurs pieds, où bouillonnait une éternelle écume...
— Et le vapeur fuyait, léger comme une plume,
Sur la vague docile, emportant tour à tour
Et les bruits du rescif, et les chansons d'amour...

.   .   .   .

                                    12 Juillet 1860.

XXVII.

LA BRISE.

Stella, laisse-moi respirer ton haleine !

(GOETHE. *Stella* A. III.)

LA BRISE.

O ma bien-aimée,
La lèvre embaumée
Du vent, tous les soirs,
Gaîment éparpille,
Avec ta résille,
Tes longs cheveux noirs ;

Et, folle, se joue
Sur ta pâle joue
En la caressant,
Frôlant de son aile
Ta noire prunelle
Au sourcil luisant...

Et toi, ma folâtre,
Au beau corps d'albâtre,
Tu fuis loin de moi,
Tandis que je songe
A l'amour qui ronge
Mon cœur plein de toi !

Oh ! pourquoi, farouche,
Me fuir, quand ma bouche

Pourrait remplacer
La brise amoureuse,
Dont la lèvre heureuse
Vient te caresser ?...

Brise légère,
De mes amours,
Sois messagère
Toujours !

Juin 1862

XXVIII.

J'AIME!

Τοῦτό μοι ἐν τοῖσι δειότατον φαίνεται γίγνεσθαι.

(Hérodote.)

L'amour, Sténio, n'est pas ce que vous croyez ; ce n'est pas cette violente aspiration de toutes les facultés vers un être créé ; c'est l'aspiration sainte de la partie la plus éthérée de notre âme vers l'inconnu.

(George Sand. Lélia.

J'AIME.

I.

Pourquoi rester ainsi, sur ton balcon, dans l'ombre,
    La nuit, penché rêveur,
A regarder briller, à travers le bois sombre,
    Cette pâle lueur ?
Pourquoi ne viens-tu plus à nos fêtes nocturnes,
    Ami, comme autrefois ;
Et pourquoi promener tes courses taciturnes,
    Le jour, au fond des bois ?
— Laisse là la tristesse et tes chagrins moroses,
    Tes soupirs et les pleurs ;
Viens ! nous endormirons dans le parfum des roses
    Tes secrètes douleurs !
Nos bals et nos festins réclament ta présence
    Et ton joyeux entrain ;
Viens ! et tu trouveras dans l'ivresse et la danse
    L'oubli de ton chagrin.

    La vie est courte, — c'est un songe,
    Egayons-la par le plaisir !
    Hors du plaisir, tout est mensonge,
    Fou qui nourrit d'autre désir !...

II.

Laissez-moi, je renonce à vos fêtes frivoles,
  Et je veux pour toujours
Ne plus prêter l'oreille aux trompeuses paroles
  De vos mielleux discours.
Ma tristesse m'est chère, et chère est ma souffrance ;
  Je m'enivre en secret
De pleurs ; — et si parfois à vos plaisirs je pense,
  C'est toujours sans regret.
Pour la première fois, amis, j'aime une femme,
  Car j'ai son nom vainqueur
Et son portrait divin gravés en traits de flamme
  Dans le fond de mon cœur...
Regardez, regardez, là-bas, dans le bois sombre,
  Cette vitre qui luit ;
Je n'ai plus qu'un désir, c'est de voir sa chère ombre
  Y glisser, dans la nuit !...

  La vie est courte, — c'est un songe,
  Sachons la remplir par l'amour !
  Hors de l'amour, tout est mensonge,
  Aimons donc, ne fût-ce qu'un jour !...

                              Juillet 1863.

XXIX.

A UN BOUQUET DE MYOSOTIS.

Tota pulchra es, amica mea, et macula non est in te.

(Cant. des cant. C. IV. V. VII.)

Voilà du romarin, c'est la fleur du souvenir ; souvenez-vous de moi, je vous prie, ma bien-aimée. Voici des pensées, c'est pour que vous pensiez à moi.

(SHAKSPEARE. Hamlet A IV S. V.)

.... Y tu sonrisa amable
Penetrando en mi alma,
Vuelve a mi pecho la perdida calma.

(LOPEZ DE VEGA.)

A UN BOUQUET DE MYOSOTIS.

A Mme C. B.

O toi qui me soutiens dans ma douleur intime,
   Bouquet chéri,
Gracieux souvenir dont le parfum ranime
   Mon cœur flétri,

A jamais sois bénie, ô fleur emblématique,
   Gage d'espoir,
Toi que j'ai si souvent, ainsi qu'une relique,
   Baisé le soir !

Oui, je te porterai toujours sur ma poitrine,
   Petite fleur,
Et tu seras aussi pour mon âme chagrine
   L'ami meilleur.

Car n'a-t-elle pas mis sur ta corolle frêle,
   En te cueillant,
Un doux baiser d'amour? — N'as-tu pas auprès d'elle,
   En ce moment,

Respiré le parfum de ses jeunes années
         Et renfermé,
Comme un rayon du ciel, dans tes feuilles fanées,
         Son souffle aimé ?

Ne t'a-t-elle pas dit, avec sa voix bénie,
         Bouquet charmant,
Qu'elle n'oubliera pas que notre âme est unie
         Par un serment ;

Et qu'elle m'a promis, dans un adieu suprême,
         Que chaque jour
Elle se souviendra qu'il est un cœur qui l'aime
         D'un saint amour ?

Un cœur qui ne respire et ne vit que pour elle,
         Et qui gémit
Sur un sol étranger, ainsi qu'une hirondelle
         Loin du Midi ?

Aussi, je te bénis avec reconnaissance,
         Frais souvenir,
Et tu seras toujours ma plus chère espérance
         Dans l'avenir !...

                          Février 1860.

XXX.

FIÈVRE.

Amour, fléau du monde, exécrable folie,
Toi qu'un lien si frêle à la volupté lie,
Quand par tant d'autres nœuds tu tiens à la douleur,
Si jamais, par les yeux d'une femme sans cœur,
Tu peux m'entrer au ventre et m'empoisonner l'âme,
Ainsi que d'une plaie on arrache une lame,
(Plutôt que comme un lâche on me voie en souffrir.)
Je t'en arracherai, quand j'en devrais mourir !
(ALFRED DE MUSSET. Don Paez, II.)

Il est certain que l'amour est de toutes les passions la
plus fatale au bonheur de l'homme.

(Madame DE STAEL DE HOLSTEIN. *De l'influence des passions.* Ch. IV.)

FIÈVRE.

I.

Oui, j'ai besoin d'aimer! Oui, je sens qu'en mon âme
Couve encor sous la cendre une brûlante flamme,
    Plus vive chaque jour;
Et que j'ai dans le cœur, caché pour une femme,
    Tout un trésor d'amour!

Que j'ai trop vainement présumé de mes forces;
Qu'il me faut dépouiller les rugueuses écorces
    Dont j'ai couvert mon corps,
Et que mes sens, pour fuir d'amoureuses amorces,
    Ne sont pas assez forts.

Que je me tords la nuit sur ma couche embrasée,
Appelant à mon aide une austère pensée,
    Un rêve bienfaisant,
Pour éteindre le feu dont l'ardeur insensée
    Me dévore le sang.

Que de mes doigts crispés, je cherche dans le vide
Un fantôme à presser sur ma poitrine avide,
    Et qu'un lourd cauchemar,
Chaque jour, plus avant, creuse mon front livide
    Et me fait l'œil hagard...

Qu'à l'aspect d'une femme, — ainsi qu'une mandore
Dont on vient de jouer et qui frémit encore,
    Mon cœur tremble et faiblit ;
Et que je reste ainsi, rêveur, jusqu'à l'aurore,
    Accoudé sur mon lit...

Aussi je veux revivre et déployer mon aîle
Par le repos lassée, et suivre l'hirondelle
    Dans les rayons du jour...
L'espoir palpite en moi, l'illusion m'appelle
    Par la voix de l'amour !

Oui, je veux rafraîchir mon âme qui se fane ;
M'enivrer à longs traits du frais parfum qu'émane
    Le cœur mystérieux ;
Me nourrir de nouveau de cette douce manne,
    Présent sacré des cieux.

Mon âme est jeune encor ; comme une fiancée,
Pour recevoir l'époux, elle s'est empressée
    De se parer de fleurs ;
Aux baisers de l'amour elle s'est embrasée
    De secrètes langueurs...

Les lilas sont fleuris, la gentille alouette
Monte rapidement vers le ciel rose, et jette
    Sa chanson aux zéphyrs ;
Mon cœur chante et tressaille, et ma tête inquiète
    Est pleine de désirs...

A moi l'amour ! à moi les rieuses maîtresses !
Les baisers enivrants et les soyeuses tresses

Que l'on défait la nuit ;
Les gorges de satin et les chaudes caresses
Sur le sein qui frémit !!...

. . . .

II

Ah ! ma tête se fend, et mon cerveau s'égare !
L'amour !!... A ce seul mot, mon cœur meurtri s'effare,
Et râle, ensanglanté,
Comme un coursier sauvage, au bruit de la fanfare,
Se cabre, épouvanté.

L'amour! !... Ce lourd fardeau qui fit ployer Hercule,
Ce fleuve de l'enfer, dont la flamme circule
Dans les veines en feu,
Comme un poison maudit, qui corrode et qui brûle,
Qui fait blasphémer Dieu !...

Ah ! j'aime mieux garder mes longues insomnies
Et mes désirs rongeurs, — ces ténébreux génies
Accroupis près de moi ;
J'aime mieux, chaque nuit, sur mes lèvres blêmies,
Sentir leur baiser froid !...

Non, je ne boirai plus à son brûlant calice ;
Non, j'aime mieux couvrir mon front nu du cilice
Et creuser mon tombeau ;
Je préfère, moi-même, au poteau du supplice,
Approcher le flambeau...

J'ai tari jusqu'au fond sa coupe empoisonnée ;
C'est par lui que j'ai vu de ma moisson fanée
    Tomber les épis d'or ;
Et depuis, bien des fois, a reverdi l'année,
    Que mon cœur saigne encor !...

Je le fermerai donc à ces extases folles ;
Je n'écouterai plus les brûlantes paroles,
    Que murmurent les sens,
Et je dédaignerai des sirènes frivoles
    Les efforts impuissants.

Pareil à ces Chartreux, dont la parole austère
Répète à chaque instant au fond du monastère :
    « Frère, il nous faut mourir ! »
Je redirai sans cesse à mon cœur solitaire :
    « Aimer n'est que souffrir !!.. »

Juillet 1861.

XXXI.

DON VIAZ

C'est qu'une femme est un tableau à deux visages : — regardez-le d'un sens, rien n'est-il si agréable ? — regardez-le d'un autre sens, rien n'est-il si terrible ?

(CALDERON. Héraclius 1re journée.)

Car, voyez-vous, la femme est, comme on dit, mon maître,
Un certain animal difficile à connaitre,
Et de qui la nature est fort encline au mal.

(MOLIERE. Le dépit amoureux A. IV. S II.)

Fragilité, tu es synonyme de femme.

(SHAKSPEARE. Hamlet, act· Ier. S. II.)

Quid Levius pluma ? — Pulvis. Quid pulvere ? — Ventus.
Quid vento ? — Mulier. Quid muliere ? — Nihil.

(CATULLE.)

DON VIAZ.

La nuit tombait obscure et pâle,
Le vent se heurtait aux tombeaux,
       Et les corbeaux,
Qui croassaient par intervalle,
Jetaient au loin leurs cris plaintifs,
       Du haut des ifs.

C'est l'heure où chacun se retire
Auprès de son foyer brûlant,
       Puis, tout tremblant,
Se met au lit, baille et s'étire,
Et qu'on entend râler dehors
       La voix des morts....

— Seul, don Viaz sous la fenêtre
De sa Diva, s'épuise en vain
       Dans un refrain.
L'amour chez lui commande en maître ;
Car les hivers n'ont que vingt fois
       Rougi ses doigts.

Malgré la pluie et la tempête,
Le froid et l'aquilon du Nord,
       Qui glace et tord
Ses cheveux flottants sur sa tête ;

Malgré la nuit, malgré l'éclair
Sillonnant l'air,

Il est toujours sous la croisée,
Roucoulant ainsi qu'un ramier
Sur le palmier,
Le cœur brûlant, la chair glacée,
En attendant qu'un mot d'amour
Tombe à son tour.

Et cependant à la fenêtre,
Aucun front pâle, aucun œil noir
Ne se font voir ;
Et la douleur commence à naître,
Mordant au cœur cruellement
Le pauvre amant...

Il chantait ainsi : « Blanche étoile,
« A qui mon âme, nuit et jour,
« Rêve d'amour,
« Sors du noir brouillard qui te voile,
« Et viens te montrer à mes yeux,
« Astre des cieux !

« Le vent mugit, la foudre tonne,
« Et la pluie, en tombant à flots,
« Glace mes os ;
« Mon cœur brûle, et mon corps frissonne ;
« Prends en pitié mes tristes pleurs
« Et mes douleurs ! »

— Mais rien ne répond à sa plainte,
Rien que l'aquillon qui bruit,
  Et que minuit
Qui, tout-à-coup, tristement tinte,
Mêlant son morne glas de mort
  Au vent du Nord.

Don Viaz alors perd courage.
Brisant sa guitare, — d'un bond,
  Sur le balcon
Il s'élance, bouillant de rage,
Comme un taureau que pique au flanc
  Un fer brûlant.

Puis, avec le vent de Décembre,
Les poings fermés, grinçant des dents,
  Les yeux ardents,
Il entre au milieu de la chambre,
En regardant d'un œil hagard
  Son long poignard.

Il s'avance auprès de l'alcôve ;
Ses dents claquent avec fureur ;
  Horreur ! Horreur ! !
Déception à rendre chauve !
Son oreille entend à la fois
  Parler deux voix...

Ardents soupirs d'âme amoureuse....
Avant qu'il n'en soit revenu,
  Un inconnu
Sort de l'alcôve ténébreuse,

Et vers lui vient en brandissant
Un fer luisant.

Le combat dans l'ombre s'engage ;
Mais Viaz, plus jeune et moins fort,
Faiblit d'abord ;
Et son rival, ivre de rage,
Etreint dans ses bras vigoureux
Le malheureux...

— Tout-à-coup, jaillit une flamme ;
Les rideaux s'ouvrent à moitié,
Puis, sans pitié,
Se montre un visage de femme :
OEil noir et longs cheveux flottants
Sur des bras blancs.

D'une voix calme : « Allons, courage ! »
Dit la sirène à l'inconnu ;
Et son bras nu,
Hors des rideaux prenant passage,
Fait un simulacre assassin
Contre son sein.

Son amant comprit en silence
Ce signal de mort ; — et soudain
Son bras d'airain
Levant un poignard qu'il balance,
En plonge au cœur de son rival
Un coup fatal.

Viaz, frappé, chancelle et tombe.
L'assassin le prend dans ses bras,
    Et puis tout bas
Parle à dona Firma. — Sa tombe
Fut dans le lac aux vertes eaux,
    Sous les roseaux....

 . . . .

Quand tout fut achevé, la femme
Dans ses bras pressa l'inconnu
    Sur son sein nu ;
Et sous leurs chauds baisers de flamme,
Tous deux reprirent leur sommeil
    Jusqu'au soleil....

              Mai 1859.

XXXII.

LE POÈTE.

Le poëte est semblable aux oiseaux de passage,
Qui ne bâtissent point leurs nids sur le rivage,
Qui ne s'arrêtent pas sur les sommets des bois ;
Nonchalamment bercés par le courant de l'onde,
Ils passent en chantant loin des bords, et le monde
    Ne connait rien d'eux que leur voix.

(LAMARTINE. *Méditations.*)

LE POÈTE

I.

L'hiver, quand, pêle-mêle,
La neige avec la grêle
Tombe à flocons serrés,
— Adieu les rêveries
Aux campagnes fleuries,
Dans les bois et les prés.

L'été, lorsque les merles
Sifflent, et que des perles
Brillent sur les buissons,
— Adieu le coin de l'âtre,
Et les récits du pâtre,
Et ses vieilles chansons.

L'hiver, lorsque la bise,
Dans l'arbre qu'elle brise,
Râle lugubrement,
— Adieu dans la gondole
La douce Barcarolle
Que murmure l'amant.

9.

L'été, quand l'aubépine
Embaume la colline,
Que le ciel est serein,
— Adieu le gai quadrille,
Le festin qui pétille
De champagne et d'entrain.

Le nouveau temps apporte
Ce que l'ancien emporte
De bonheur ou d'ennui ;
Et l'hiver, on demande
Qu'un frais été nous rende
Ce qu'on veut, quand il fuit.

Ainsi sont faits les hommes ;
Et tous, tant que nous sommes,
Toujours nous regrettons
Le passé qui s'efface :
Le printemps, c'est la glace,
Et l'hiver, les moissons.

— Mais le pauvre poète,
Dont la tête inquiète
Aux rêves fait la cour ;
Et qui n'a dans sa bourse
Que juste pour sa course
Pendant à peine un jour,

Désire que sans cesse
Le mois de mai renaisse,

Qu'un printemps éternel
Fasse les branches vertes
Et les fleurs entr'ouvertes
Aux caresses du ciel.

Sans contrainte il butine,
Et peut, dans l'aubépine,
Chercher des nids d'oiseaux ;
Ou poursuivre son rêve,
En errant sur la grève,
Que lutinent les flots.

Il faut si peu pour vivre
L'été. — Tout vous enivre
De bonheur et d'amour ;
Et de même qu'un vase,
Le cœur trop plein d'extase
Déborde nuit et jour.

On vit dehors. — Les baies
Qui croissent sur les haies,
Vous servent d'aliment ;
Le ruisseau solitaire
De son flot désaltère
Votre gosier brûlant.

Mieux qu'un dôme de marbre,
Le feuillage de l'arbre
Protège du soleil
Votre front qui repose,
A midi, quand la rose
Ouvre son cœur vermeil.

Dans les taillis qu'il perce,
Le frais zéphyr vous berce
De son souffle embaumé;
C'est bonheur de s'étendre
Sur l'herbe fraîche et tendre,
Près du lac parfumé.

L'insecte qui maraude,
Le papillon qui rôde,
L'oiseau qui vole aux cieux,
La fourmi qui butine
Et lentement chemine,
Vous font le cœur joyeux.

II.

— L'hiver, tout au contraire,
La lampe funéraire
Ne jette qu'à moitié
Sa clarté dans la chambre,
Où le vent de Décembre
Se glisse sans pitié.

Comme le bois est rare,
Il faut en être avare;
— Ce qui fait que parfois,
En veillant, on s'enrhume,
Qu'on tremble, et que la plume
S'échappe de vos doigts.

Cependant à la porte,
La faim, de sa voix forte,
Vous crie incessamment :
« Ouvrier, à ta tâche !
« Sans trêve et sans relâche,
« Travaille assidûment !

« D'amères larmes mouillent
« Tes yeux creux qu'elles souillent,
« Eh bien ! malgré tes pleurs,
« Chante au lieu de maudire :
« Le public aime à rire,
« Que lui font tes douleurs ?...

« Montre-lui des duchesses
« Regorgeant de richesses
« Et des amants heureux,
« Tandis que la misère
« De ses deux bras l'enserre
« Sur ton grabat poudreux !

Oui, du pauvre poète
La vie est ainsi faite :
Chanter quand il gémit,
Et pleurer quand la joie,
Par hasard, se déploie
Sur son front qui blémit.

Dur contraste qui ronge
Son âme, et qui le plonge

Dans un dégoût profond ;
Qui sème sur sa route
L'amertume et le doute,
Et qui ride son front.......

III

Mais dans la dure épreuve
Où sa pauvre âme est veuve
Des terrestres secours,
Quand aucune parole
Ne calme et ne console
La douleur de ses jours,

Des voûtes éternelles,
En déployant ses aîles,
Un ange vient souvent
Adoucir la blessure
Dont l'ardente morsure
Le ronge sourdement.

Cet ange est l'Espérance
Devant qui la souffrance
Disparait et s'enfuit,
Comme un cauchemar sombre
Se dissipe avec l'ombre,
Lorsque le soleil luit.

Alors son âme espère
Dans l'avenir prospère
Des jours plus consolants ;
Cet espoir l'accompagne,
Et lui montre en Espagne
Mille châteaux brillants.

Novembre 1863.

XXXIII.

RÊVERIE.

Tu mihi sola domus, tu, Cynthia, sola parentes
Omnia tu nostræ tempora lætitiæ.

(PROPERCE *Lib.* 1. *Elegia XI.*)

RÊVERIE.

—

A Madame M. A.

—

On dit qu'anciennement, sous les fraîches haleines
De la brise des nuits, les harpes éoliennes
    Frémissaient doucement ;
Et que l'on entendait de vagues harmonïes
Vibrer avec amour dans les cordes bénies
    Du magique instrument.

On suspendait la lyre aux branches des platanes,
Et le vent qui soufflait des lointaines savanes,
    Etait l'artiste ailé
Qui versait dans la nuit ces concertos étranges,
Et l'on croyait ouïr chanter le cœur des anges
    Dans le ciel étoilé...

Et moi, quand je vous vois, je frissonne, Madame,
Car vous êtes la brise, et la lyre est mon âme ;
    Et tel que sous les doigts
D'un maëstro frémit et chante une mandore,
Ainsi je sens mon cœur, comme un clavier sonore,
    Vibrer à votre voix.

Alors je me recueille et je rêve en silence,
Et mon âme vers vous en palpitant s'élance
    Comme un oiseau captif
Dont on vient de briser la cage, et qui s'envole;
— Et j'écoute, rêveur, chanter votre parole,
    Et je reste pensif...

Et je reste pensif... Car je sens en moi-même
La visitation d'une force suprême;
    Et du fond de mon cœur
La sainte poésie avec la sainte extase
S'échappent à longs traits, de même que d'un vase
    Une douce liqueur ;

Car je vois devant moi votre image céleste
Passer comme en un rêve, et, tout ému, je reste
    En adoration....
Et replié sur moi comme une sensitive,
L'ange du souvenir, avec sa voix plaintive,
    Me chante votre nom ! !..

Mars 1866.

XXXIV.

TÉNÈBRES.

Un soir qu'un pistolet se trouva sous sa main,
Il rejeta son âme au ciel, voûte fatale,
Comme le fond d'un verre au plafond de la salle.

(VICTOR HUGO. *Les chants du crépuscule.*)

. . . . . Hélas ! notre mère nature,
Comme toute autre mère, a ses enfants gâtés,
Et pour les malvenus elle est avare et dure.

(THÉOPHILE GAUTIER. *Tristesse.*)

Alors, ô ravissante pensée, alors, je ne serai plus ! Je retomberai
dans le calme inviolable du néant !

(KLOPSTOCK.)

. . . . Car le malheur est le roi d'ici-bas, et tôt ou tard, tout cœur
est atteint de son sceptre.

(LACORDAIRE. 2ᶜ *Conférence.*)

TÉNÈBRES.

—

FRAGMENT.

—

. . . .

Frère ! Veux-tu savoir pourquoi mon front est sombre,
Et pourquoi je vais seul errer, la nuit, dans l'ombre ?
Pourquoi mon luth plaintif semble l'écho d'un glas,
Et pourquoi le sourire a fui ma lèvre ? — Hélas !
C'est que rien ne vient plus réchauffer ma pauvre âme,
Qu'à vingt ans je suis froid comme un vieillard. La flamme
Qui ranimait mon sang s'est éteinte ; et le bord
De ma fosse, où grimace affreusement la mort,
M'apparait tout béant ! — Frère, vois-tu, je souffre
Horriblement ! Plains-moi ! Le vertige du gouffre
Monte à mes yeux... Courage ! et peut-être au cercueil,
Trouverais-je un refuge où finira mon deuil !
Non ! plus de mots d'espoir... Tout est fini ! Mon rêve
Est détruit pour jamais... Que le destin s'achève ! !

J'ai souvent sur mon front posé mon pistolet ;
Mais je n'osais jamais ! — « Peut-être le feuillet
« Que tourneront mes doigts, demain, sera moins sombre, »
— Me disais-je, — « Espérons ! le jour vient après l'ombre :

« Après l'hiver brumeux, c'est le riant printemps...
« Le ciel doit être las d'effeuiller mes vingt ans !
« Peut-être qu'à la fin, cet amour qui me ronge
« Fuira-t-il loin de moi comme un funeste songe.
« La plume qu'on arrache à l'aile des oiseaux
« Repousse bien ! Le vent ne trouble pas les eaux
« Toujours... Espérons donc ! L'espérance est si douce ! »
Et j'espérais... Alors, plus calme, je repousse
Loin de mon front glacé le pistolet fatal,
Et pour quelques instants, je sens dormir mon mal...

Et j'espère... j'espère...

                         Erreur ! Peine perdue !
Mon espoir est trompé ; la route est trop ardue ;
Les ronces du chemin ensanglantent mon pied ;
Le rameau sur lequel je me suis appuyé
Se brise ; — à chaque pas que je fais dans la vie,
A mes illusions une plume est ravie !
Il ne me manque plus qu'un cercueil... — De nouveau,
Le désir de la mort hurle dans mon cerveau.....
Hélas ! Je souffre tant !... J'ai beau dans ma nuit sombre
Jeter des yeux hagards... De tous côtés de l'ombre,
Des ténèbres partout !... Aucun phare à mes yeux
N'éclaire le chemin où j'erre seul. — Les cieux
De nuages obscurs bandent leurs yeux d'étoiles ;
Le vent seul de la nuit vient souffler dans mes voiles ;
Nul zéphyr, — nul parfum, — nul soleil, — nulle fleur...
Partout le désespoir, et partout la douleur !...

Que faire alors ?... — Mourir ! !...

Oh ! la mort, vois-tu, frère,
C'est l'oubli des tourments qui nous brisent sur terre!
— Oublier! Oublier!! Que ce mot fait du bien !
Et penser que là-bas nous ne sommes plus rien,
Plus rien, qu'une poussière insensible, où se joue
Le ver, — et que le vent de son aile secoue...
La tombe... c'est l'oubli! Le repos!! Le néant!!!
Eh bien! mourons alors ! Mon cercueil est béant,
Il s'entrouvre, et je vais m'y jeter!... L'hirondelle
Dont le plomb du chasseur vient de fracasser l'aile,
Et qui tombe par terre, après avoir aux cieux
Librement déployé son vol audacieux,
Ne saurait pas y vivre . . . .

. . . .
. . . . Il en est ainsi, frère!
De moi. —Je suis tombé du haut de ma chimère;
Mes pieds sont fatigués d'errer et de courir ;
— Donc mon sort est rempli, je n'ai plus qu'à mourir!!...

. . . .

Juin 1854.

XXXV.

LES ORGUES DE BORT.

Montez, voilà l'échelle et Dieu qui tend les bras,
Montez à lui, rêveurs...

(ALFRED DE MUSSET. *La coupe et les lèvres.*)

LES ORGUES DE BORT (1).

Sur un sol tourmenté par d'horribles secousses,
A moitié recouvert de lichen et de mousses,
    Surgit au milieu du chaos
Un vaste et large banc de roches basaltiques,
Qui dressent vers les cieux leurs aiguilles antiques,
    Comme un écueil au sein des flots.

Le peuple, dans sa langue exacte et pittoresque,
Et qui peint par un mot sa pensée à la fresque,
    Appelle cet entablement
Les Orgues, — mot heureux qui dit mieux que la phrase
Tout ce qu'à leur aspect le cœur rempli d'extase
    Eprouve de recueillement.

La lave liquéfiée en colonnes s'allonge ;
Le prisme basaltique aux flancs arrondis plonge
    Son pied robuste dans le sol,
Et lève avec orgueil un front glissant et chauve,
Sur lequel, bien souvent, l'épervier à l'œil fauve
    S'arrête, lassé dans son vol.

(1) Bort, patrie de Marmontel, dans le département de la Corrèze, petite ville située dans une position très-pittoresque, sur les bords de la Dordogne, et dominée par un gigantesque rocher basaltique, appelé les *Orgues*.

Mille tuyaux formés du retrait séculaire
Du liquide échappé des flancs noirs du cratère,
    Comme un jeu d'orgue audacieux,
Semble par des géants posé sur cette cime,
Pour chanter au Seigneur, avec sa voix sublime,
    L'hymen de la Terre et des Cieux !...

Et la brise qui souffle, au lever de l'aurore,
Dans l'immense clavier de l'instrument sonore
    Verse des sons mélodieux ;
Et l'oiseau qui s'éveille, et les bois qui frémissent,
Pour saluer le jour, dans un concert s'unissent
    A l'instrument harmonieux.

Car le grand Ouvrier des merveilles du monde,
— Dieu, — jette çà et là, de sa droite profonde,
    Pour nous servir d'enseignement,
Les fleuves vagabonds et les forêts bénies,
Les rochers et les mers aux vagues harmonies,
    Et les astres du firmament !

L'homme, muet et pâle, en extase s'arrête.
— Devant ce grand spectacle, il sent courber sa tête
    Et son sang d'effroi se glacer ;
Alors, l'âme éblouie, en silence il médite,
Et voit avec horreur, sur son front qui palpite,
    L'aile du vertige passer !...

                        Mai 1862.

XXXVI.

LA VIE.

La vie retirée au fond de chaque cœur s'y consumerait solitaire comme une lampe dans un tombeau n'éclairant que les débris de l'homme; car un homme sans entrailles, dénué de compassion, de sympathie, d'amour, qu'est-ce autre chose qu'un cadavre qui se meut?

(LAMENNAIS. Le livre du peuple.)

Ils sont et voilà tout !

(V. HUGO. Les chants du crépuscule.)

Voilà donc le résumé des besoins d'un homme !

(LAMARTINE. Dialogue sur la nature et sur Dieu.)

Qu'est-ce que l'homme, si son premier bien, la grande affaire de sa vie, consiste à dormir et à manger ? C'est une brute, rien de plus.

(SHAKSPEARE. Hamlet A. IV S. IV.)

LA VIE.

I.

Il en est dont le pain est le seul aliment,
Qui n'ont pour tout désir que de manger ou boire,
Et qui, repus, s'en vont digérer en dormant.

Manger, boire et dormir, c'est toute leur histoire.
Ils vivent de la vie aux bêtes ; — et leur cœur
Se dessèche et moisit comme un fruit dans l'armoire.

Oh ! je plains ces gens-là !... Je jure sur l'honneur
Qu'ils n'ont jamais senti battre et vivre leur âme,
Ni dans l'ombre, parfois, penché leur front rêveur

Qu'ils n'ont jamais compris cette électrique flamme
Qui brûle et qui dévore à vingt ans, — qu'ils sont vieux
Avant l'âge, — et je dis : « Vivre ainsi, c'est infâme ! »

Ils ne connaissent pas les rêves anxieux ;
Rien n'a jamais ridé ni fait pâlir leur tête ;
L'existence pour eux, c'est le calme des cieux.

Ils vivent ici-bas en éternelle fête,
Libres de tout souci, le front pur et serein,
Loin du choc des combats, des bruits de la tempête

A leur calme réveil, ils chantent un refrain
Qui dure jusqu'au soir, et jamais, dans leur couche,
Le cauchemar sur eux ne pose un bras d'airain.

Rien ne tressaille en eux ; ils sont gras, et leur bouche
Reflète incessamment un rire de bonheur ;
Car le malheur jamais de son pied ne les touche.

L'amour n'est pas pour eux un frais parfum du cœur,
La femme, — le lien rattachant l'homme à l'ange,
Et l'âme, — de l'amour la compagne et la sœur.

Non ! c'est la passion de la chair, et qui change
Au gré de leurs désirs fous et capricieux ;
C'est le plaisir des sens, au lieu du ciel, la fange !...

« Ils sont heureux ceux-là ! dira-t-on, et les cieux
« N'ont pas pour les élus de plus suave joie :
« Leur vie est un beau songe au front délicieux !

« C'est un charmant tissu d'or, de pourpre et de soie,
« Un matin de printemps sans tempête et sans vent,
« Un horizon d'azur, où le soleil se noie ! »

Vivre toujours ainsi sous un ciel énervant,
Ainsi qu'une machine exister sans secousse,
Sans ne jamais goûter de bonheur émouvant ;

Et toujours ne fouler que des fleurs sous la mousse,
— Pour le grand nombre, hélas ! c'est la félicité,
C'est du septième ciel l'image la plus douce !...

II.

Mais eûssent-ils cent fois un bonheur plus vanté,
Moi, je dirais toujours : « Vivre ainsi n'est pas vivre ;
« Il faut l'hiver brumeux pour mieux goûter l'été !

« Il faut tantôt errer sous la pluie et le givre,
« Pour mieux aimer après les rayons du soleil ;
« L'or n'est beau qu'en raison de la pâleur du cuivre !

« Il ne faut pas toujours, après un doux sommeil,
« S'étirer et bâiller mollement, — car la vie
« Plus souvent au malheur qu'au plaisir donne éveil... »

Aussi, l'âme est parfois tristement poursuivie ;
Mille projets hardis, comme en font les héros,
La dévorent sans cesse, et la paix est ravie.

Une inquiète ardeur vient dévorer vos os ;
Une fièvre de feu embrase votre tête ;
Vos nuits sont sans sommeil, et vos jours sans repos.

— Alors vous avez soif de bruit et de tempête ;
Un immense besoin de marcher en avant
Vous pousse, — et vous courez l'âme tout inquiète.

Car il vous faut baigner votre front dans le vent ;
Errer dans les grands bois, quand la foudre qui tonne,
Embrase de leurs fronts le panache mouvant.

Et l'existence alors vous parait monotone ;
Et vous avez besoin de bruit et de chaos ;
Et le cri: « Marche ! Marche !!... »-à vos côtés résonne.

Et, nouveau Juif Errant, sans trêve et sans repos,
Plus vite que le vent vous dévorez l'espace,
En jetant votre nom aux plus lointains échos.

Et le grand mont confus dans la brume s'efface,
Que vous marchez toujours du Midi jusqu'au Nord,
Et votre pied partout laisse empreinte sa trace... »

III.

Ainsi, quand le génie au cœur vous brûle et mord
Et vous touche le front de ses mains souveraines,
Votre unique repos est celui de la mort.

Franchissant dans son vol et les monts et les plaines,
Votre âme incessamment plane aux lieux inconnus,
Et comme un fleuve ardent, le sang brûle vos veines.

Mais vous vous sentez vivre, et sur vos membres nus,
La vie à flots ardents sans cesse coule, coule,
Et tous les bruits du monde au cœur vous sont venus !

Ne faut-il pas mieux vivre ainsi, loin de la foule,
Errant dans des sentiers où nul ne vient courir
Et voir dessous ses pieds le tonnerre qui roule ?...

Oh! vivre ainsi, c'est vivre !—Autrement, c'est mourir !!!

Mars 1854.

XXXVII.

L'ORGIE.

Les verres se heurtaient sur la nappe rougie.

(A. DE MUSSET. *Rolla*.)

N'avez-vous pas rencontré de ces hommes qui, à la fleur de l'âge,
à peine honorés des signes de la virilité, portent déjà les flé-
trissures du temps ; qui, dégénérés avant d'avoir atteint la
naissance totale de l'être, le front chargé de rides précoces,
les yeux vagues et caves, les lèvres impuissantes à peindre la
bonté, traînent sous un soleil tout jeune une existence ca-
duque ? Qui a fait ces cadavres ? qui a touché cet enfant ? qui
lui a ôté la fraîcheur de ses années ? qui a mis sur sa face des
siècles honteux ?

(LACORDAIRE. *Conférence* 22e.)

Malheur à ceux qui cherchent le sommeil sur des lits d'ivoire,
qui caressent la volupté sur des couches somptueuses, qui se
nourrissent de la chair tendre des agneaux, qui font servir
dans leurs festins les morceaux les plus délicats du veau qui
tétait encore sa mère, dont les oreilles ne sont frappées que
des sons harmonieux des instruments, dont le cœur est attaché
aux douceurs passagères de la terre, au lieu de goûter les
biens réels ; qui boivent les vins choisis, et qui exhalent, au
loin les odeurs délicieuses dont ils ont le corps parfumé !

(AMOS V. 1, 2, 3, 4, 5, et 6.)

L'ORGIE.

I.

Ils étaient là deux cents, qui hurlaient dans l'orgie,
Lourds de vin, appuyés sur la nappe rougie,
  De débauche expirants ;
— Insensés qui buvaient la mort avec l'ivresse,
Sans voir qu'à leurs côtés l'éternité les presse
  De ses bras dévorants !

Ils étaient là deux cents, pêle-mêle : — hommes, femmes,
Animaux accouplés, vivants-morts, corps sans âmes,
Fantômes ambulants, cadavres sans cercueil ;
N'ayant rien de vivant qu'une parole impure ;
Proie abjecte et tarée, — et que la pourriture
  Guette, avide, de l'œil !...

— Et l'orage grondait au dehors ; et les vitres
Craquaient et répondaient aux éclats que les litres
  Faisaient en se brisant....
— Courage ! à qui mieux mieux, sales prostituées !
Vos âmes.... dès longtemps, vous les avez tuées ;
  Aux corps donc à présent !

Epuisez-vous la nuit dans l'ardente débauche !
Mûrissez promptement pour que la mort vous fauche
Et vous jette au fumier, dégoûtante moisson !
Allons ! plongez-vous bien jusqu'au col dans la fange,
O femmes ! à qui Dieu donna le corps d'un ange,
     Et le cœur d'un démon !

Et vous, rivalisez avec elles, courage !
Vieux jeunes gens voûtés par le vice et non l'âge,
     O vieillards de vingt ans !
Vous tous qui vacillez comme un château de bouc,
La débauche a creusé vos yeux et votre joue,
     Et vous êtes mourants !..

Mourants !... A ce printemps plein de sève, où vos pères
Sentaient un jeune sang dans leurs veines prospères
Ardemment bouillonner comme un torrent joyeux...
Et tandis que l'amour, — mais un amour honnête ! —
Elargissait leur cœur en exaltant leur tête,
     Vous êtes déjà vieux !...

A l'âge où vos aïeux défendaient a patrie,
Un glaive blesserait votre main amaigrie,
     Car aux jours où le corps
Supporte en se jouant les labeurs et les peines,
Et qu'un sang généreux circule dans les veines,
     Vous êtes déjà morts....

O malédiction ! ! Quand on se voit revivre
Dans ses enfants bénis ; — qu'on leur apprend à suivre
Le sentier de l'honneur au milieu des écueils ;
— Vous, rejetons bâtards d'une race guerrière,

Vous ne reproduisez qu'une vile poussière
  Dans vos sombres cercueils ! ! !....

— Et voilà que soudain s'éteignent les lumières ;
Qu'ils viennent de vider leurs bouteilles dernières,
  Et que dans l'ombre alors
On se cherche, on s'étreint, pendant que la luxure
Fait râler chaque monstre, et que sous sa morsure
  Se marbrent tous les corps....

II.

— Cependant, au dehors, mugissait la tempête,
Et la maison tremblait de sa base à son faîte,
Mêlant à leurs baisers ses lugubres accords ;
Tout semblait leur jeter de sombres anathèmes ;
— Mais eux y répondaient par de nouveaux blasphèmes,
  Par des baisers plus forts.

L'ivresse les avait rendus comme la bête,
Car ils n'entendaient rien. — Cependant la tempête
  Est la voix du Seigneur !
Malheur à celui qui, lorsque gronde la foudre,
Ne courbe pas son front en tremblant sur la poudre,
  Malheur à lui ! Malheur ! !...

Aussi, le lendemain, quand vint le jour perfide,
Il aurait fallu voir cette troupe morbide,

Ces dos courbés en deux et ces corps délirants,
Ces cols que l'on eût dit marbrés par des entraves,
Ces fronts lourds et pâlis, ces yeux ternes et caves
  Comme ceux des mourants.

Une orgie au matin : — des femmes aux seins flasques,
Aux cheveux dénoués, aux visages sans masques
  Que fait blémir le jour ;
Et, derrière, la Mort, qui, grimaçant de joie,
Etend déjà la main pour saisir cette proie,
  Comme fait le vautour !....

. . . .

Oh ! comment donc à l'âge où les poumons sonores
Respirent avec bruit, et que de tous les pores
La vie et la santé coulent à flots ardents ;
Où l'on frappe du pied comme un cheval sauvage,
Et que dans l'avenir, — fruit vermeil à cet âge, —
  On mord à belles dents ;

Où l'on veut le soleil, les grands bois, la prairie,
Et qu'on voit devant soi la coupe de la vie
  Pleine jusques aux bords,
Allez-vous vous plonger dans de sales orgies,
N'ayant pour tout soleil que de pâles bougies,
  Comment êtes-vous morts ?....

      Décembre 1853.

TABLE DES MATIÈRES.

TABLE DES MATIÈRES.

AMIENS. TYP. LAMBERT-CARON.

www.ingramcontent.com/pod-product-compliance
Lightning Source LLC
Chambersburg PA
CBHW061435030726
47503CB00005B/1426